盛夏的事

林俊頴

蜂巢

夏天的合音

大城小鎮

蜂巢的光

佛滅之日

「路是為了回頭而鋪的，沒有一個人走到終點。」——黃皙暎《悠悠家園》

白領工蟻十三年後，中央空調的辦公大樓依然沒有寒暑感，那一天如同之前無數個工作日，又是一個只有例行工序消磨時間的平淡日子。

我通常是第一批早到的鳥兒，入口感應器讀了員工卡，很久很久以前覺得是阿里巴巴的寶藏祕門、玻璃門打開，空氣陰涼，睡了一晚的機器、文具、影印紙、盆栽、化纖地毯，確實如同古墓的殉葬品，恍惚有靈，而隔板規劃出一格一格的工作空間，又像是訓練白老鼠的迷宮。我無恥地妄想過中子戰後的末日早晨，遊魂歸來，一人得以霸占整層空間，騎獨輪車，放風箏，充滿了無人的喜悅；落地窗下眺一長排雲龍般美麗的樟、欒樹樹冠，自南徂北。

兩個月前，我桀傲的工作搭檔嗅出已經沒有轉機了，機伶遞上辭呈，那時我還不瞭解「專業者只有自行轉換跑道，沒有留下來被砍頭的」與「革命者只有被殺，沒有自殺的」兩者的差別。整整一年了，辦公室瀰漫著一股窒悶，顯得死氣沉沉，所謂總監的位子懸缺很久了，舊客戶不送新案子，新客戶引不進來。從口水有血絲到吐出一隻鵝的謠言每個月進展，劇本一，雖然是老字號的跨國公司，但總部大頭們見了區域財務報表連續幾年營收溜滑梯，心裡動搖了，唯一時還找不到買主也還不能決定拋售的價碼。劇本二，水流濕，火就燥，對岸兩地正興旺，商人無祖國的決策，果然準備遷往冒險家大樂園去，正在京滬港進行評估、前置作業，樹遷猢猻散的日子不遠了。劇本三、四、五……，我們的生產力與創意有了出口。

我父親彼輩近乎道德潔癖的工作倫理是一日不作，一日不薪，不作而領薪是為賊。他總以日語「泥棒」強化語氣。我與工作搭檔那段時日正是兩條快樂的泥棒，沒有工作不是我們的錯，兩人遂尋寶般吃遍了周圍每一家商業午餐，飯後長長漫遊，自以為是兩塊大磁鐵吸收了沿途這城市的靈光鐵片零件，收藏以待來日大用。

但突然一聲霹靂，掉下了新任總監。搭檔火速打了幾通電話摸清了她的底，找出一本年鑑，指著新總監的代表作，一張修圖的大水管平均對分，一半水流一半嘩嘩啦錢幣，不屑哼道，這老梗也叫創意，憑那半世紀前的埃及豔后髮型來監督指導我嗎？幹。在那傾軋之必要、批鬥之必要、競爭之必要，因此互相鄙視仇視之必要、一點點暴力與羞辱之必要的鋼骨水泥叢林，他或想點醒我的律條是，一朝天子一朝臣，辦公室沒有不可被取代的職位，關係決定一切，我們既然在她的人際網絡最外沿，不是舊識或心腹，要存活下去的兩條路，附勢上去表態效忠，或者自行滾蛋讓出位子避免受辱，走向自己的光明。

一切，蝸角蚊睫的可憐又可恥的鬥爭。我們甚至比不上梭羅於華爾騰湖旁記錄了紅黑兩隻螞蟻大軍的決死之戰，無論死傷，光明磊落。

「與其給我愛、金錢或名譽，不如給我真理。」真理是，白領工蟻十三年，我平均不到兩年便移枝別棲一次，視職場的遊戲規則如糞土，自然被反視為糞土的機率逐年增加。因為土象星座作祟，當我還猶豫著是否也再次遞辭呈，還庸人自擾著工作、薪水的意義是什麼？那早晨我在走道遇見埃及豔后頭皮笑肉不笑的向我打招呼，班雅明的書名變形如一尾響尾蛇昂首咬了我一口，「資本主義發達時代的人啊」。下午，我接到了生平第一道資遣令。

解放之日

借用陳映真《萬商帝君》的譏刺諧音，那昏沉的下午，總「馬內夾」（經理）電召我到他方位採光絕佳的辦公室，有一套設計名師線條簡潔的桌椅陳設，最宜觀賞夏日雷雨。據說他才去了太平洋觀光小島玩海底攝影度假歸來，正值壯年的總馬內夾是張愛玲形容佟振保的，即便衣服肘彎的皺紋也「皺得像笑紋」，卻不願或不敢抬頭直視我，只說了句：「我覺得你還是不適合。」文明地取代了「你被解雇了。」

我不反駁，不爭辯，即使最起碼的為什麼也不問，自然也沒有《推銷員之死》老威利之戲劇化悲憤，「你不能吃了橘子就扔了皮，人可不是水果。」我心底冷笑，「一年了，你才認為我不適合？」

前後不超過兩分鐘，我起身要走，總馬內夾才也起身與我慣性的握手。我去洗了手，隨即新任總監埃及豔后頭扮白臉上場，她的辦公室面積小多了，風格走親和路線；一交手她便知道了我沒有潑硫酸或拿槍掃射的威脅性，虛張聲勢的開心朗聲：「你早說嘛。」

回到我蜂巢般的工作隔間，著手收拾自己的私人物件，所幸只有一個馬克杯、幾本書、一把牙刷一管牙膏、一件抗冷氣的外套是真正屬於我的私產，其餘因為工作衍生且累積的文件資料都可以資源回收處理，一扔了事。十幾年的好習慣，我始終將辦公桌與下班後私領域的交集保持在最低限度，我喜歡好萊塢電影常見的來去辦公室皆一硬紙箱的簡便無罣礙。我欽佩女同事以小盆栽乾燥花、印度織布靠枕、填充布偶、化妝品零食、偶像海報親人照片將一己隔板空間裝置得一如居家。

人與現代生產組織的關係，我服膺如此邏輯，生滅的是人，恆在的是位子；淘汰流動不是悲歡離合，體制的健康（永生？）大於個人的感傷（必死？），秩序必定是美德。或者，至今依然令我玩味也莞爾的還是陳映真不免天真嫌疑的句子：「上班，是一個多大的騙局，一點點可笑的生活的保障感折殺多少才人志士啊。」因為只消替換幾個關鍵字，馬上逆轉成為正面表述，「造就多少才人志士啊」。

為什麼得上班？或者我應該徹底反省的是，有此一問者究竟在想什麼？職場十幾年我老是間歇發作如同瘧疾的發寒熱。我就是那刻舟求劍的愚人吧？十九世紀中葉，廿八歲的亨利·梭羅在華爾騰湖邊蓋自己的房子，總計材料費花了二十七點九四美元，之後他更結論一年只需工作六週就足以得到生活所需，支撐他以自由、獨立的狀態從事一己志業。亦即心智澄淨的梭羅確實執行了生活與物質的減法至最低限度，得以拒絕做為謀生與薪水的工奴，大不了吃吃土撥鼠肉。

那麼，心不在焉的職場「泥棒」如我終於被解雇，豈不是合理、正當的嗎？天行健般的體制機器豈容許一個只願一年工作六週、「食碗內，看碗外」的無忠誠者？

最後一次的下班時刻，等電梯時遇到公司的包打聽，幸災樂禍對著我奸笑得如一頭卡通貓，我木木看著他卻說不出口，你才是這職場的蛆！然而步出那「每個上班族心中都有一座華盛頓大樓」，眼前林蔭大道如層積雲，其上是城市的光害才開始，如同脫了網的魚，我感到那沛然的自由大海令我一下子有些茫然。

有窗景的辦公室

一九八八年，當哈里遜福特還不是福伯的電影《上班女郎》，最後的一幕畫龍點睛，從基層爬升成功、愛情事業雙雙告捷的女主角，得到了一間有大玻璃窗的專屬辦公室供她獻身繼續打拚。然而鏡頭戲謔拉遠，卡莉賽門有如啟示般唱著〈讓河水奔流〉，美夢正酣，我們跟著起飛，看清了那畢竟是如同巨大蜂巢的辦公大樓無數細格中的微小一個。

我們之中，那個是聰慧的，那個是愚笨的，誰配得到一個呢？當然，我們都知道，有窗景的專屬辦公室是體系賞賜、酬謝起碼馬內夾以上的經營者與老闆，雖然沒有朝儀，沒有官服，沒有御林軍，卻是職場專職分工也是權力位階的具象化，絕對不是抽籤或輪流可得。如同那句俏皮警語，「真愛如鬼，人人都有話說，見到（得到）的沒幾個。」

陳映真小說《上班族的一日》，折射著主角職位搶奪之內心怨毒，有幾段商辦大樓街景的文字深具臨場感與壓力，「櫛比而來的車子、穿梭其間的機車、潮水似的人的流徙，在林立的、靜默的、披浴著盛夏的日光的高樓巨廈……都彷彿皆以窗為銀幕，無聲地、生動地、細緻地上演著。」

一般上班族被隔板與中央空調圈養在建物中間，頭頂上一排日光燈管雪亮。這或者是顛倒了十八世紀邊沁的環形監獄設計？邊沁的理念是核心一座塔樓，環繞它輻射出去是一圈前後有窗的低矮的單人囚房，因此便於完全監督、控管；傅科說那就是「規訓與懲罰」的實踐。核心的塔樓來到現代，輕易的被針孔、隱藏式攝影機取代，全天候錄下的影像更可以無限期保存，配置與形式遂轉化為馬內夾與老闆們的窗景辦公室，我們寄生在隔板內，雖不至於像《漂亮水手》比利巴德所處的「不屈號」炮艦之住艙甲板的逼仄，一日日圈養慣了，各安其位，望向走道那頭幾扇門，想像其後的風光，各自必定暗暗有了「彼可取而代之」、「大丈夫當如是也」的妄念吧。

《上班女郎》展示的是職場灰姑娘的晉升術，或者只是一場幻術，她一步步複製上司亦導師的ＯＬ髮型、穿著風格，將自己嵌入規範裡，踏出了成功的第一哩路。幸好我們沒那麼天真，但從隔板間到窗景辦公室究竟有多遠？女主角的閨蜜說了一句俏皮卻醒世的實話，「有時我也會只穿內衣在臥室跳舞，但那不會讓我變成瑪丹娜。」

最快速的自然是蒙老闆召見，腎上腺素刺激下，我們魚貫走進不二門，一次有效率的會議，得到了策略性指示，大家都高興，彷彿到了祭壇前領了聖體，靈魂新了一新。

也是一個腦袋渾沌的下午，只有我被叫進去，無關工作、情報或個人獎懲，事業正在巔峰的老闆閒聊他才看了一個頗有大師架勢的歐洲新導演的電影，我答也喜歡，他欣慰點頭，霸氣又自得地坐在那仿路易十四宮廷風格的真皮座椅，提起了片中那個非寫實高懸海天的乳房鏡頭。這是他的藝文休閒時間吧，需要一個附和者。我訥訥接不上話，想像這樣私密空間一對一的機遇在電影不正是翻身的關鍵，但我只覺得如坐針氈，誤闖一個非我族類、磁場失靈的空間。我注意到如同寬弧銀幕的落地窗外，美化大樓的壁燈已經煌煌亮了，高大樟樹輕晃如同浪尖，我作夢般聽到底下是東河或哈德遜河流著，歌聲洶湧，「讓河水奔流，讓夢想者喚醒這個國，銀色城市起來吧，看晨光照亮迎接它的街道。」

我是那麼迷惘地覺得自己跌入了一個希望的深淵。

理想的波士

港星許冠英翻唱過一首英文老歌〈Sunny〉為〈波士〉，又譏誚又世故又酸溜溜的市井藍白領心態，「佢只要鍾意，做乜也可以，只要支票上識簽紙，做波士，真輕鬆，確寫意，確寫意。」無關左派右派，淺薄如我們看來，老闆是哈哈鏡裡扭曲的形象，可以合法又理直氣壯炫富的有閒階級。

那時候，我們共有三加一個波士。附加的一個，據考證是半途加入結盟，因為年長一輪，鋒芒倒了，笑咪咪的好好先生如同慈祥的祖父。我們都無異議的喜歡他，言必尊稱先生，不忍取他綽號。我們之所以喜歡他無非是勢利眼，明瞭他有名無實，不在決策圈，不會與我們有職權衝突。套句流行語，他是我們隔板圈的小確幸（真令人厭煩的流行語）題材。

真正的三波士得從一張舊照片說起，初入職場，瘦如螳螂、臉上還冒著青春痘的菜鳥，一身白襯衫尼龍西裝褲，持帚掃地，被攝影者一叫，偶一抬頭便留下那樸實、誠懇、努力的永恆影像。讓每個隔板圈的人都感動了，那個只要認真打拚明天會更好的時代哪裡去了？來日這一張照片將是他們成為神話的第一頁。三波士與我們同代人，前段班與後段班的只差了六七歲，在升學體系屢試屢敗，早早服完兵役，禍福相倚搭上了彼時經濟起飛的特快車，順利也算是及早取得了第一桶金。關於三波士的第一桶金，怎麼看都像是意外驚喜，古人曰天賜。無人預知於某個神祕的歷史時刻，當集體財富累積到了某個臨界點，對某些財貨如轎車、不動產的需求有如瘋狗浪打上岸？

我們非常不服氣、好吧還是酸溜溜的認為，三波士基本上秉持了傳統的困勉、打拚與硬頸，然而時也命也比諸專業素養、才學扮演了更重要的成功因素吧。善於教科書與考試的我們終於做了隔板圈工蟻，回頭看，當三波士持帚掃地食苦當食補時，我們正忙於夢想著做地球村、跨國企業的子民，苦惱著或西行或東渡取經去，大口吞嚥著譬如剛崛起的名牌消費的種種亞知識或MBA的新神話，如此起跑點或選擇的分歧，「流淚播種的，必歡欣收割」，誰當波士誰做工蟻，因果分明，一點不冤枉。

我們唯一信仰不摧的是，「知識就是財富，知識就是力量」——何其熟悉那不正是「書中自有黃金屋、顏如玉」的腐儒說詞嗎？——卻是我們換波士或翻身的憑藉。因此一週五天，每日例行放風時段，午餐時間也是我們以波士下飯，用著最時髦的詞彙消遣之，苛薄之，踐踏之，批評波士從衣著家具到女人的可怕品味、買藝術品文化美容的低劣手法、看似節儉其實慳吝不大氣的習性，更重要的是不知今夕何夕，落伍的行銷觀念、令人傻眼的決策品質。我們藉此獲得完美的精神勝利，好快樂的身心飽足。

隔板圈元老L不放過每一隻新進工蟻，總追問面談時是如何與波士議定薪水的？她大眼大嘴保有一種學生式的天真，承認自己在這上頭的致命弱點，拉不下臉談價碼，捍衛自身的尊嚴與價值，她分析自己的情意結，「我希望是老闆主動賞識我。」

我不懷好意的笑了。賞識，欣賞與鑑識，多麼古典的語彙。我在心裡畫外音：別傻了，我們這樣的工蟻，他徵人啟事一登，履歷投來就是幾百封，優點、缺點全都一模一樣，各自的差異幾公釐，在我們的生產價值尚未驗證之前，「餐餐都鮑翅又吃壽司，搵錢多古怪又有律師」的波士想的是先賞我們一口飯吃再看看吧。

我的犬儒與L的賞識論必然也皆是前現代的渣滓。

惡女的條件

K不著痕跡的塞給我一張紙條，怵目的兩個字「屄蛆」。我一時會意不過來，他眼神向隔板圈角落的B一飄，我瞭解了卻無話可接，但沉默即是認同的力量更具體。K得意極了這信鄙達兼具的翻譯創意。

隔板圈沒有人喜歡B，不是我們孤立她，而是她視我們為假想敵，每一天都是悲壯的戰鬥。有我無你無他的職場競爭鐵律，見鬼殺鬼，見佛滅佛，她信守；不論餅做得多大，這是一場具有排他性的貨幣爭奪戰。她慣性的在波士前低頭，低到塵埃裡，以示忠誠，然後以鼻孔看人的回到隔板圈。檢討會議上，上意敲敲頭頂，她腳底板如斯響應讚英明。犧牲同事的享受，享受波士的享受，是為最高原則。做為一個資深工蟻，她自以為是一匹獨來獨往的狼，瞧不起我們羊群般三不五時擠在一起取暖，軟語傻笑。對於波士的新寵，她冷笑，

「當然了，一見老闆兩腿就張開開。」

我加入隔板圈的第一天，她得知我的年齡，曹七巧式以眼白打量我一眼，視我為一張回收影印紙鄙夷地往地上扔。

尤金．扎米亞金的反烏托邦小說《我們》，未來的聯眾國不再有姓氏名字，一人一組英文字母加數字的代碼，便於格式化完全集中統一管理。隔板圈一人一格如蜂巢的空間，吻合了這樣的想像。我私以為每一格譬如一抽屜存放一種人格類型，體質適合且願意留下的自然寄生得愉快，而庸眾裡有膽識、敢言行於所不當言行的必然有破格而出的日子。更多時候，這體制這組織確實有一隻看不見的手驅促我們為自己努力、賣力，每一隻工蟻體內內建了證明自己存在意義的機制，是以隔板聯眾國自有一種無需恐怖的平衡。

亞蘭．杜漢（Alain Touraine）之書《我們能否共同生活？》，他的理想是於差異中尋求平等，於平等中創造差異。或者不能的關鍵是，我們的存在隨時提醒了B不論怎樣掙扎奮進，畢竟是同條生同條死的另一隻工蟻。因為每一月每一季的過去，沒有奇蹟發生，沒有爆破的戲劇化，階層的爬升需要的不只是一廂情願的努力，沒有人是不可取代的，所以我們需要好萊塢的鴉片，即便是與魔鬼交易的俗濫故事。

每天早上九點前，B眼睛頂到額頭走進她的位子，經過我們如同一隻浮露背鰭的鯊。

有一日當B不再出現，我們才拼圖般知道真相。某天午餐時間，假想敵之一撞見了B與波士的敵手一起。背叛的本質不僅關乎形而上的忠貞，更是利益的保衛。假想敵與另一辦公大樓的某隻工蟻合作，採集到了B的通敵物證，一舉告發、終結了B，大快人心。

沒有了B，空調特別清新，氣氛特別柔和，我們懵然不覺這一場代為清君側的行動有任何立威警告的意味。遞補的新人香扇墜子般絲毫不具殺傷力，一點點委屈與不遂就古裝佳人的掉淚。我們尷尬中不免一絲懷念起B激發的戰鬥力。

屄蛆不死，亦不凋零，如同野草，隨風遠颺，不擇地皆可生根。

關於屄蛆，誰能比史蒂芬金的說詞更為擲地有聲？在他小說改編的電影《熱淚傷痕》（*Dolores Claiborne*），是這樣的：「有時為了生存你得做隻猙獰的母狗。有時只有做隻母狗，女人才能撐住活下去。」比較溫厚自省的則是《危險療程》裡，榮格對情人薩賓娜的沙豬自辯：「有時你得做些不可原諒的事，只為了能夠活下去。」

頂尖對決

傳說是這樣開始的，古早古早，「北溟有魚，其名為鯤，鯤之大，不知其幾千里也。」一順洋流游到黑水溝，徘徊不去，化為鯤島。又過了不知多少的日昇月沉，鯤島之北的地殼劇烈運動擠壓，竟將海底火山拱出海面與鯤島結為一體，幾次爆發的岩漿成就了山脈，也堰塞成了湖。山水既成，再歷幾次改朝換代，之後就是現代人假開發之名行肆虐之實。

那年從五月到秋末，我們分好幾梯次與業務、攝影師乘車之字行上到高山上踏查那一塊野地，沿途經過兩三座又似國防基地又似堡壘的別墅，尚未成雪的芒草叢偶爾一棵雷擊過無葉唯榦的大樹，路程非常荒僻。剔了大光頭的攝影師指引，我們才辨識了方位，看見東北角一瓢海域，遍山莽綠，太陽荒荒照著，像是來自另外一個宇宙。精明的業務撥開比他高的野草，啐了一口口水，譙，東北季風一颳包准冷得嘰嘰叫。

我望空想像著稜線之後兩條河水的古老航道，得以出海。那一段時日，辦公室籠罩著一股神祕的亢奮，事關業務機密，不可說。波士、總馬內夾的房間如同筆記小說的狐鬼夜宴，徹夜燈火通明，菸霧蒸騰，門一開，幾隻西裝雄性結伴快步去上廁所。

我們終於知道了他們的新標的、新戰場，新夢想、新野心，每釋放出一條消息到隔板圈，我們就像七月半的鴨子呱呱叫了起來。天價敦請國際級大師出手設計，荒山頂將是幽浮降落般的建築體；每戶總價將創歷史新高；完全使用第一級進口建材；每戶室內設計客製化，亦是有請國際級大師。傳說我們都下班了的某夜，幾個高貴的金髮白人工作團隊如奧林匹斯山的神祇下凡來到辦公室，天亮搭機離去猶如曇花開一夜。

如此傳說，一如迷幻藥。

博大不博小，我們受了激勵，那段時日特別賣力用功，買來昂貴的原文圖冊自我充電，捨不得下班，且期待第二天快點到來，自覺效忠於一個光榮偉大的志業，好希望這樣的日子蟬聯下去。不同的部門，不同的思考邏輯，當業務開始說「炒」一個大案取代做一個大案，我們就應該敏感聽出來風向轉了。後知後覺的我們只期待每一次的上山之行彷彿郊遊，那曠遠的天空便是秋天的意思，當真山頂夷平了一大塊，搭起了純白流線型的接待中心，戶外架高的步道是響屧廊，待到下午日頭偏西，我坐在落地窗裡依戀那太陽的熱力，但來自海上轉強的風勢滲進窗縫有了啾啾鬼聲，令人一驚。

英諺，太美好了就不真實。經驗會說話，素有貪婪美名的鯤島自然不放過每一次炒熱市場，創造需求的集體行動，也是一場「大富翁」的賽局，考驗參賽者的膽識、眼光與智商，底牌則是「誰是接到最後一棒的笨蛋？」迷人的關鍵是每個參賽者都以為身後起碼還有一位接棒者。因此，我總偷看大光頭攝影師開車上山途中，豹眼般獵取兩旁新冒出的旗幟看板代表了新投入的參賽者，他嘴角揚起耐人尋味的笑意。

上山之旅不再有了，神祕的亢奮如煙消逝了。雖然我們的工作照常進行，但那曾經帶動我們的列車，承諾一趟穿越盛世花事之華麗旅程的車頭爐心漸漸熄火了。我們必須識相的假裝遺忘。

若干年後，當報章又出現「龐氏騙局」、「黑色鬱金香」的字詞，我很想打個電話給攝影師找他上山去，證實那永劫回歸的故事不是我編造的一個夢，不是一個鯤島的寓言。

Y的悲劇

Y癌逝整整八年了。才成新鬼時，也是Y隸屬的信仰小團體的成員好心告訴我，心靈導師解密安慰他們，她沒有耽擱，經過旋轉門般已經轉世降生歐洲的好人家。我不滿意，追問，歐洲那麼大。英國，朋友答得謹慎，彷彿怕洩露天機。

我幾乎要譏誚問，是那在八〇年代有個搖滾歌手辛蒂露波唱紅〈女孩就是要玩樂〉（Girls just want to have fun）的英國？

Y治癌的那兩年，也是我被驅逐出隔板圈而不得不勉力做個看似走在時代尖端的所謂新遊牧族、自由工作者，更多時候是繭居族，心志徬徨時，眼睛離開書本看著窗外的天空。總是這種時候接到Y的電話，想來是服了藥午寐後精力稍足，她小女生般清輕的音質問，最近好嗎？略過對自身病體的憐憫、治療過程的駭怖，她努力要分享與我的是經由佛法對生命的領悟，對死亡的溫和正視，她不煩亂不顛倒夢想的虛心等待著。甚且不無歡喜的說，請到了一幅大得覆壁的曼荼羅掛軸，她日日拜懺；服用的藥也都經過上師加持。

有了這樣的指引與支撐，她自信還有一長段路要走。

她口齒不清的說著對佛法的體悟，包括一些玄妙的超驗推論或事蹟，結論是輪迴太苦太苦了。她說，醫生很驚訝以她的狀況居然還能那樣活著，超出了醫學的經驗。她非常平淡的語氣說，已經準備好了，隨時可以走，沒有遺憾，自己畢竟是幸運的，延宕那最後的時刻得以多陪陪一對未成年的兒女。

真的是這樣？我看著住處的幾道門、幾面窗，聽筒裡的言語何其抽象，我幾乎要惱怒了。視死如歸？恐怕比較像手上握著登機證吧，然而廣播說班機延誤了，非常抱歉，敬請耐心等候，謝謝你的合作。

宗教不是避難所，不是贖罪券，不是臨終之眼回頭一望的踏腳石。我個人傾向的解釋是在暗黑路上，有幸獲得的光源。但是，因信稱義，你必須先信了。

屋子前後窗戶洞開，偶爾穿越的風爽颯如流水，我想她是在危崖邊等待信號便要一躍跳下，破水潛入另一度空間。

有次我們約在她住家巷口的公園見面，驟雨後大樹下的木桌椅、滌淨的空氣，清新可喜。天上疾走的飛雲急著醞釀下一場雨。她更加的黑瘦枯乾，一身衣裙邋遢的掛著。癌細胞蠶食著她。我們的談話不著邊際。那是尋常的上班日、營業日，我們卻像《等待果陀》裡的兩人坐在社區公園。不免自嘲，真是兩隻不事生產的衰鬼。

人之常情，Y顯然仍有懸念，一再提到精通四柱八字的長者給的批註，「你是做大事的人。」而實踐的必要條件，時間、壽命。《迷宮中的將軍》這樣寫，「留給他的時間，勉強夠他走到墓地。」我是個好聆聽者，不詰問不插話，不干擾使她分心。

套句廣告詞，大事有兩種，成功的失敗的，皆大歡喜或一人包攬苦果與罵名。在我還在上班黑洞，心力不許有所旁騖時，曾經是我的老同事也是Y的協力廠商告訴了我Y的事（闖的禍？），就在工作與運氣順風順水時，如同歷來被允為經濟奇蹟先鋒，那些帶著一隻〇〇七走闖世界的中小企業主，她決定創業。老同事客觀下結論，她把事情想得太容易了也太美了。募集的資金很快燒光，業績與利潤掛零，留下的爛攤子自是貼滿盟友憤怒怨責的大字報。老同事感嘆，明明是只能安分當幕僚的機月同梁，偏偏找死去做殺破狼，不衰才怪。

昆德拉喜歡的俗諺，只發生過一次的事等於沒發生過。那一年，我親眼看著Y繼續拚搏但屢敗屢起的下半場，她興奮中只簡單說了，又有了新的局，新的組合，新的做法。我始終未能置一詞，雖然好奇但也沒問過，那上一個呢？又不是年節玩麻將，一局完了，推翻再起一局。終於，一個陰晦傍晚，她找我到一家連鎖咖啡館，流淚承認徹底失敗了。這次，唯一的出資者一夕間抽走銀根，清光辦公室，她完全孤立無援了。講究情調，爵士樂與暗影如同蝶群的咖啡館，外面是下班放學的人潮鞋底挾泥沙滔滔而過，我說不出安慰的話，因為彼時我亦是處處點金成石的衰人。

我們是否因為衰運的頻率吻合，同在浮花浪蕊都盡的境遇，因而相濡以沫般的理解彼此、溫暖彼此？其後稀有幾次聽到人們談起Y，我總緘默聽著，關於她的落敗、難堪與錯到底的處理風格，我像聽著一張滿是刮痕的黑膠唱片。我相信她是如同我的老師之為人，一生不辯白，因為辯白形同告解有諉過之嫌。何況，她的工作與事業早預言了她的病體。但我並不天真以為，死亡註銷一切。她留下的負債永遠是負債，債主不會原諒她。

但願如此。

那個初夏，接到消息，我去醫院探視Y最後一面，她頭髮剪短而稀薄，身罩醫院的單薄袍子，抵抗不了癌細胞肆虐，無聲掉著大滴的眼淚，伸手與我一握做最後的道別。或者因為去年底才送走也是癌逝的父親，我抵抗著不願有任何情緒，隨俗只能說句多餘的「保重」。腦中閃電般浮現並不很久以前，我們走在紅磚道，她為了一個案子的想法成熟了而雀躍竟揮起了拳頭，如同攫住了滿掌成功的漿果。

狄更斯《雙城記》的結語，「我現在做的遠比我所做過的一切都美好；我將獲得的休息遠比我所知道的一切都甜蜜。」

唯願Y如此。

宵待草

昔日的工作搭檔約我午餐後在鬧區一家百貨公司地下街的咖啡館見面。

這是我們的默契，每間距一長段時日彷彿兩隻螞蟻以觸鬚摩挲驗證彼此的存在。獨沽一味在最計較時潮、新知與身段的行業一待十幾年，練成了觀風向的本領（基本功？），絕不坐等美其名是遣散其實是除名的羞辱，他靈巧地早我一步辭職離開。一年半後，原公司在併購整合的飢餓遊戲裡僅剩下一個歷史名詞。他依然消息靈通，掌握了諸多人的新落腳處，一一分析他們是轉進翻身或是下坡消沉還是維持平盤，我們沒有白頭宮女之慨，他也並沒有寬慰我「早走一步晚走一步，反正結局大家都走了」的意思。我取笑自己，內心兀自念著，「同運的櫻花，儘管飛揚的去吧，我隨後就來，大家都一樣。」

畢竟是首都的鬧區下午，感受不到景氣的低迷，但確實看得出來人口高齡化之後，退休族老人潮在賣場咖啡館洶湧，日之夕矣奈樂何，而煮咖啡、做輕食、接待點餐的打工族相對年輕銳利，動作一如鋒刃。我們混跡其中，難免有沒志氣的嫌疑。搭檔有隨時手捲一本財經雜誌的習慣，不再依附任何公司行號，剛開始他很有一份謀定而後動的銳氣，工作機會不是沒有，京滬廣深巡迴了幾趟，蹲點、出手了幾次，效果不錯，但他很難跟我這冥頑的職場陀螺講清楚他取捨的評估量表是什麼，妻兒更不是羈絆。面對快速崛起而巨大如摩斯拉的彼岸市場，他必得謹慎地調整配備包括姿態、心理，包括放大衡量一切的分母為十三億的規模？或者只是以退為進以贏得更多的談判策略？當然，他可以一口氣舉出十個同業未曾想過如此快速攀爬高峰的得意例子，再一口氣舉出十個慘遭淘汰成為盲流的實證，他寧願相信世界是平的，決定就大膽西進，否則就留著當一灘死水別抱怨。然而，憑憨膽往前衝的好日子過去了，「局勢沒那麼簡單。」他的結論。我猶豫著想問，你是在等待最好的時機與位子嗎？

所幸搭檔有所恃，老婆是理財高手，他買賣股票、基金、外幣，還未失手過，遂過著田園牧歌式的自由日子，卻也是如同冬天爐火邊的搖椅最是軟化男人的雄心吧。

我跟著他去接放學的兒子，見識了湧出的小學生拖著滑輪書包，一臉臭烘烘好像業務繁重的企業執行長。他領著我進出一些住商混合的中古大樓，探訪祕密結社的神隱店家，以販賣稀有嗜好或通關術語的小眾感性商品，譬如類型讀物的模型，以三國、西洋棋、機會與命運為雛形而變種的紙牌棋盤或角色扮演遊戲，創造拜物靈光的古怪玩具。小店裡的人彷彿深海魚有著畏光、厭惡接觸、言語笨拙的自閉人格。我忖度搭檔是善意要指引我一條明路，或者我那無用的寫小說技能可以轉移來此遊樂基地，換一張版稅支票。我心中感激，卻也無從坦白這些於我都是另一個世界，我樂於觀看，但毫無興趣加入。

漸漸的我又期待又害怕接到搭檔的電話，那表示他仍杵在待業的流沙中。漫長的等待，足以將心風化為石礫。雷曼兄弟引發的金融風暴颳過了，約見那日，我似乎聞到他渾身枯葉蕭索的味道。他慈父地講起上國中的兒子，這些年在他亦步亦趨的陪伴督促下，打下了多種才藝基礎，愈來愈有自信與神采。所以，還是那古老的教訓，孩子的成長只有一次，千金不換，他當初做對了選擇。

我覺得搭檔的際遇或是島國過去十年一個微縮般啟示，其實並不壞。香港的黃碧雲寫過一篇佻達的〈衰郎頌〉，酸辣注解由盛入弱為之衰，「在競爭惡局中成為失敗者，此衰恍如亡世。」衰是歷史也是個人的必然與循環，我們卻都不願懂得衰之美，缺乏勇氣接受。

在盛年求光彩勝利、求上進攻頂，理所當然，然而太早離開競技場，無論什麼理由，體制大神無私地就是一掌打入衰敗區。我們固然辯駁，這是個人的選擇，其後各自承擔，但與搭檔一起時，我總覺得是與城市荒地的蕪雜野草一同，陰翳隨侍在側，頭頂上捷運列車來去輕快呼嘯，路樹裡有落單的鳥微弱鳴叫，守著一方地攤的自僱者歪頹著打瞌睡，日光打斜、偏黃。

如同將鏡頭拉長，光圈縮小，景框納入更多的瑣細雜質，我想這是等待與背向群體的本質。

星散

與高雄相同緯度的深圳，夏天起步快，太陽特別凶悍，多年不見的W說他每一季返台省親再返工的路線，出了赤鱲角機場換走南中國海，四十分鐘的快艇海路到蛇口港上岸，司機一秒不誤接過，數分鐘車程後嚴絲合縫嵌回崗位。多年前夾擠在羅湖的人群漩渦、下一秒將滅頂被踩死的恐怖經驗，至今想起來仍然令他悸怖成了心理障礙。W已經懂得避開大眾路線，找到另一種選擇，快速抵達。那是一條捷徑，唯登陸成功者知道。

如同登上舊大陸的外來種，不同的體制與遊戲規則，不同的思考模式與術語，不同的位階與權力關係，兌換成了全新的良性刺激，讓W進化得既沉穩且幹練，是河洛話的讚美，大範。

落地窗擋不住紫外線強盛的炎陽之氣，W呷著鬱金香杯裡的第二杯白酒，想來是他人生進階後的新習慣。而老同事相逢的必然程序，便是補充那些當年如星球爆炸隕石般四散各自逃生之後的近況。「沒消息就是好消息」，已經從年輕時的俏皮話轉化為內心的暗暗祈禱，所幸我們也世故韌皮得不閃躲了，譬如純孝的A在母親猝逝後併發了嚴重的憂鬱症，B從鼻子病到脊椎，治了兩年毫無起色，C離婚了，D嫁得好在當少奶奶，E下落不明。卡爾維諾寫的：「你知道你所能期望的，充其量不過是避免最壞的事發生。」而眼前好酒量的W，眼神氣色澄定。

那時候，我們共事的形同公家機關的某機構位於市郊山丘上，大倉庫似的辦公室，無有階層分別，只有等因奉此的工序，準時上下班，最適宜安分等退休或心懷二志者。我早上走山丘後露水湯湯的水泥坡道，乾涸排水溝旁雜樹野草下是潦草的新興社區，我想著《城堡》的土地測量員在雪夜眺望山頭遭濃霧黑暗遮蔽的城堡，一邊心虛地告誡自己，別再不知好歹了，靜下心來，做自己想做的事吧。

我們都知道，一整個部門是因為M的「克里斯瑪」而群聚在一層樓——呼群保義？別開玩笑了——在一切皆可商品化、無一不可行銷的絞肉器大神之前，所謂專業與分工的事有多少是照養體制而不是照養人？M閱人多矣，職場的假面與排場，一似塔羅牌大小兩系統的交織、因差異摩擦冒出迷離煙霧，他習焉而深察，懂得狡獪以對，帶領我們該敷衍時演戲，該交業績時認真努力，不許有一絲缺口供其他部門攻擊。我們喜歡他頑童般的暗語，「我們就來唱一齣大戲。」無事時，他愛搬移盆栽曬太陽，持一只大碗咕嘟咕嘟餵水。但畢竟與總頭頭一次嚴重的爭執而咆哮決裂了，翌日不再進辦公室，我與W及其他人半年內也陸續辭職。

我之後疑心M是否一人自導自演了最後一場戲，因為階段性任務已經完成，我們一群的剩餘價值所剩無幾，再淹留那怪獸機構中必然成為贅瘤，惹人嫌。M壯士斷腕地離開，為我們打開閉鎖的鏈條、做了示範。那是領導者不落言詮的手腕與膽識吧。那是我能給他的最好的解釋。

「許多年後」，我們在那機構的一切都成了泡沫，世事一如自動化的龐大機器一直往前，真正殘留的是人與人之間遙遠星光般的情誼。發展既然是硬道理，深圳想必多的是這樣從荒地硬闢出來的樓盤、街廓、柏油路，新得如同模型，路樹緬梔花曝曬得沒有香氣，幾步之外的蛇口灣海天晃盪，大太陽照得水汽濛濛也好像大片場的布景。W笑容燦爛與我道別，他當年第一次在此登岸，大約像是唐僧上靈山過了凌雲渡踏上無底船，赫然水下一具流屍，那是脫胎換骨前舊的自己。

鬥

如是我聞，K是這樣說的。

據說三波士喜歡追憶他們的王朝在全盛時期編制內外共有一百五十位員工的興旺，漣漪效應也可以說他們養了一百五十戶家庭，說是「利用厚生」並不為過。盛極時自然就有了黃粱夢的頓悟吧，因此會計年度之後，三波士決定退居第二線，釋出經營權給總馬內夾甲哥。我們一早得到消息，好像蟻窩換了新的蟻后，惶惶地在隔板圈內亂轉，互相琢磨要怎樣與甲哥應對。

我們過慮了，沒有布達儀式，沒有同業送來恭賀花籃，沒有慶祝酒攤，甲哥只是多了兩個助理，乙哥丙妹，出入三人成行，從隔板圈前的甬道一陣風走過。我們不解的是，這樣的排場沒有氣勢，不足以驕人，為什麼？

多年前初入職場的第一份工作，公司安排綜合了英日風格紳士派頭的董事為我們上了一堂禮儀形象課，在那個一部進口房車還比一間公寓貴的年代，老董事教導我們白襯衫的重要，尤其要戒除的卻是白色運動襪。他皺眉分析壞品味與沒品味的差別，一雙蛇紋皮鞋可以是壞品味，但遠不及腰間掛一串鑰匙、白襪黑鞋的沒品味。摩登是個壞翻譯，誤導了人們，島國人太缺乏現代的美感與教養。

彼時如同看見老董事卷軸展開了一幅資本發達時代全新景象，雖則我未必完全同意。然而十多年後，甲乙兩哥依然不時白棉襪黑皮鞋以亂紀。隔板圈的我們卻無人敢小看天天無論晴雨在工地奔波的兩哥，相反的，他們應是怨鄙宅在冷氣房裡不食人間煙火的我們。無關階級衝突，但確實是專職差異間的緊張。一則情報洩露，小心，所謂新官上任三把火，兩哥準備在我們之中殺雞儆猴以立威，隔板圈有那菜鳥呱叫了，怎會，乙哥人很好的，總是笑咪咪呀。

我是第一個接到殺雞電話，乙哥開車途中氣急敗壞質問我，跨頁廣告怎將業主的企業標誌折到了，「會議上不是這樣決定的！」他愈講氣勢愈洶湧。我惱怒又好笑得講不出話，折商標等於折壽嗎？次日與業主開會，他們看了雜誌點頭說好，他訕訕地低下頭，當什麼事都沒發生。

他繼續第二次、第三次以相似的理由來找碴問罪，我只覺非常的厭倦、索然。我直視他瘦削的臉、兩隻大眼，不必猜也知道他背後的支使者是誰，他不過就是甲哥意志的執行著。我內心尖酸地損他，人笨凡事難，有這樣拙劣的鬥爭？我阿Q的理解，三波士畢竟是草莽式的白手起家，在他們的觀念，員工等同於家奴；他們圈選的總馬內夾自然視我們寫字蠹文的幾近米蟲，時時想著精簡一二如同疏果，期望每一枝條長出更大的果實。

整肅鬧劇的收場是甲哥召集我們開了一場交心會，哀哀傾吐他的責任與壓力，失眠、胃痛、牙齦浮腫，兒子抽長了一大節他都沒察覺，「你們看不到晚上我也會躲在棉被裡哭。」會後，菜鳥開竅的呱呱叫了，啊是怎樣，不同工不同酬他不懂嗎，不然總經理大家輪流做，公司配車大家輪流開啊。

是夜我重新翻開久違的《水滸傳》，直接看十八回，晁蓋梁山小奪泊，林沖一刀割了王倫頭，不知自己熱血沸騰什麼。幾日後的商業午餐，我們還在咀嚼那場無聊鬥爭，一女工蟻突然發出非常無聊的問題，甲乙兩哥若是阿部寬、唐澤壽明那樣，即使被整，是否好過些呢？一桌沒出息的工蟻哎喲跺腳，跌進了玫瑰色的幻想黑洞，假想自己是松嶋菜菜子的笑了。

我想到某書如是有寫，上天以好色者為芻狗。

恍惚的人

其後我再也沒有D的消息。

雖然我們彼此知道都還同在一座城市，繼續拼湊夢想的碎片，並期待像長日照植物那樣活得健康。

那個潮濕發霉的冬天夜晚，D電話中告訴我，他的貓被謀殺了。之前我們不通音訊多年，斷續聽聞他半年至一年跳槽一次，升級更優的待遇，更大的客戶，脾氣卻也更壞，架子更大，行事更囂張；跳槽的間隔出國只挑五星級飯店度假血拼，衣服鞋子穿幾次便扔，才又懺悔那些年瘋狂購物的總金額足夠回鄉買一棟透天厝。毀滅之前，必先瘋狂，我絲毫不訝異。借用巴爾扎克，我視他為人間悲喜劇的一個章節。

貓是很難死的，D研判凶手必然捕捉牠進布袋，甩流星鎚般摔砸，貓屍陳放浴室瓷磚地上睡著了般，皮毛還有溫暖。我緩和他，提問窒息的可行性而不願問凶嫌可能是誰。他冷哼一聲。我盡責扮演細孔槅窗後的神父角色，聽他跳躍式的懺情訴說，無非自憐。那彷彿充滿侵蝕情緒的神經性毒氣的霪霪冬天雨夜，我應是他能找到最後的聽眾，最後一根浮木，否則驕傲如他不可能主動與我聯絡。我記得他老公寓背後一棵綠森森大樹，在我的童年家鄉，正適宜死貓掛樹頭。然而真正棘手的是流行的文明病，躁鬱症；他的投射症狀是心因性的癢，全身游移，尤其好發於孤獨的時候。讓我悚然想起林懷民《蟬》裡的小范，三十年後魂兮歸來借D復活。

那麼，這是D最孤獨難耐、心靈最危脆的時候。雖然感激他視我如樹洞的傾吐，我已經無有餘裕或因戀舊或因惜才而沸騰起血液，再像年少時慷慨動情。

與D短暫共事一開始相當愉悅，他對現代物品有著純然的愛悅，能夠全然的享受，旋即轉化為一己的語言、影像創造。這樣愛物讓他自己有所用，是他的幸運。難以為繼的是他需要的不是共事者，而是崇拜與追隨鼓掌的人，我們的那一點友誼反而成了他最便利的建立威望的試紙，共患難容易則不能共富貴。

晚我一代的他有自己的語言，述說他所謂的愛的傷害與修補，殘缺與贖回，我以為這裡有更深層且嚴肅的人與人因為依存而扭曲、耗竭彼此的病灶。我從不懷疑他是職場的贏家。然而正如富含老掉牙訓誡的美國夢，當你爬上頂巔，竟發現只剩孤獨得抓狂的自己。

張愛玲寫她的廢柴父親，「我知道他是寂寞的，在寂寞的時候他喜歡我。」何其腐蝕性的感情。

那個冬夜，我握著話筒，如臨深淵，D告訴我最後的故事，最徬徨時他知其不可而為之飛去保有榮光的昔日奧匈帝國尋訪已婚的舊情人，那金色汗毛的妻子哀矜地帶他看她丈夫用作儲藏室的小房間，她簡略說兩人吵了架或心情鬱悶時，男人就進去裡面默默待著。房裡存放著D畢業即失業的那年，怨憤滿溢無處發洩時在桌凳、衣服、畫冊的狂躁塗鴉，舊情人一一保留著，海運寄回。一間封鎖著愛與傷害的記憶之房。我看見D在那裡流著真誠、懺悔的淚。

我固執不置一辭。人與人的短暫交會，誤解多如碎屑恆常遮蓋過知心時黃金那般的光芒，我驚嘆李維《野性的思維》「修補匠／術」的見解，而我如何從我們的碎片中建立起新世界，翻出新意義、新秩序？

過去心不可得，未來心不可得。我在自己的房子，如一個空谷傾聽D的告解，終了，我非常確定，不會再有第二次。此後我們將是徹底的陌生人。我想著那存放舊物彷彿保存神蹟的遙遠房間，那是只屬於一個人的告解暗房。在這樣的世界，每個人都是一粒塵埃。

小蝦米的故事

「這樣不能保護人民身家財產的政府可恥到極點！」電視螢幕，ㄅ的憤怒如同一盆沸水潑在他胸前的麥克風荊棘叢。那是鯤島小鎮倒塌慘案的二週年，受災戶召開了記者會，照例進行狗吠火車的自救行動。

我認出ㄅ，震驚中似乎背後渦輪扇葉開始轉動，一個黑洞在那裡虎視眈眈。兩年前一個平淡的颱風過境後的夏日早上，辦公室瀰漫著詭異的氣息，每家報紙的頭版皆是近郊的某一處坡地、水土保持工程因為偷工減料而崩塌滑落，造成廿八人死，數棟集合住宅大樓如骨牌傾倒。現場照片彷彿以阿戰爭遭飛彈擊中的民宅，遍地哀鴻。我們必須以守喪的心情度過這一日，因為當初承攬鯤島小鎮銷售的就是我們的三波士。

C撲克臉率先甕甕地發聲，當初有拿了分紅的就甭說話，意思是別急著呼應媒體做廉價懺悔。波士房間湧進了業務與律師事務所的西裝人，隨即關緊密謀。有報馬也來耳語，密會結論波士沒有法律責任，定出對外三不策略，謹表遺憾但不道歉，不評論，不涉入，尊重並且靜待司法調查。我們隔板圈分兩區，後進者難免帶著道德譴責的目光看著做過鯤島小鎮的人，但不至於戲劇化的引用那句台詞，看你們雙手沾滿了罹難者的血啊。也沒有那荒謬劇場的人吶喊，交出你們不公不義的所得，捐給慈善團體，要不燒了！或者我們都有默契，既然進了這門，吸納進了這一共犯結構也是命運共同體，禍福休戚與共，而人為或天然的災變哪時會發生，無人預知，每個人皆可能是下一個倒楣鬼。所謂的效忠、捍衛就是這般互相牽制的黑暗力量。

此中，有個自動化的處理流程，一如接往大海的暗管，排洩汙染廢水。一星期後，還是美麗的工作日早晨，我們拎著內裝早餐的塑膠袋，鞋跟敲著石英磚好清脆，見面微笑道早。

沒有人知道ㄅ是小鎮的住戶。隔板圈總是會有這樣的人口，悄無聲息進來，遵守一切規範，不張揚，有一天他的位子清空了，我們才知道他離職了。ㄅ寡言內斂，表現並不特別出色，鯤島小鎮慘案發生後，也未見他有任何激烈的言行。公司有間資料檔案庫，從天花板落地的櫥架，安置了方向盤可以帶動輪軸在軌道推移，彷彿偵探、犯罪類型片必要的場景；歷年銷售案的資料、照片圖冊、分析報告或卷夾或牛皮紙袋歸檔。我喜歡那種秩序感與混合油墨加碳粉的紙味，無事也去逛逛，旋轉那方向盤如同大海上駕船。

ㄅ那陣子時常潛入抱幾袋回座位。有一天，他不再出現隔板圈，離職了，他來去一如化纖地毯吞沒腳步聲。而小鎮倒塌慘案也果然走在媒體設定的固定路徑，譁然、痛心一時，檢討批判一時，司法調查一時，逐漸淡出，大家樂得遺忘；即使自救會有ㄅ那樣曾經在災難製造聯隊裡臥底過、容或偷偷取得第一手資料的人加入，畢竟還是一隻小蝦米，不足以扭轉大勢。

我警醒著持續在傳媒裡追蹤ㄅ的消息，難得看到一篇專訪，他講著購屋的辛酸過程，繼續擲出身為（小）市民、納稅義務人、公民與政商對幹卻求救求告無門的憤怒標槍。這是控訴，相當古時候的攔轎喊冤，擊鼓升堂。我在冷氣辦公室裡放下雜誌，嘲諷自己果然心底生出了小小的威脅與恐懼、根本不配稱為是公義的召喚：我們存活其中的這部現代巨獸機器，究竟有什麼是一開始便是敗壞殘廢的？

經驗與直覺讓我下了殘酷的判斷，小鎮的倒塌災難只能是一場一時的、少數人的禍患，震撼之後，島國人急著快快翻過這一頁，讓它過去，不要再提起了。

果然再沒有後續新聞的多年後，我在街上看見ㄅ的背影，我絲毫沒有趨前相認的意願，蠹蟲如我只有聯想到《曹操集》的文句，「東海有大魚如山，長五六里，謂之鯨鯢，次有如屋者。時死岸上，膏流九頃。其鬚長一丈。廣三尺，厚六寸，瞳子如三升碗，大骨可為矛矜。」

在我還不能理清兩者間的魔幻連結，很快ㄅ消失在人群裡。我消極地安慰自己，幸好那不是一個佝僂或病態的背影。

大倉庫追憶錄

雖然離開了許多年，偶爾夜夢帶領輕易穿過時光隧道，回到那又像室內停機坪又像倉庫的辦公室。最安靜不干擾心思的灰色系辦公桌排列有如阡陌，每一張都一樣，第一次進來恐怕很難立即找到主帥的位子。然而那明顯具有作業效率與流程監視的開放部署，每晚彷彿一個興盛王朝的後勤單位，燈火通明，鍋爐燒旺，人員銜命跑步，氣勢有如暑氣節節勃發，集體貫徹著一個統一的意志。我在夢的角落，明白自己融不進去，困窘地想離開，但不知要如何離開。

那是強控制解體的年代，拜黨禁、報禁解除與決策者定出無經驗者優先錄取的標準，我幾分糊塗地考進了大倉庫辦公室。電腦化還在初始階段，我們從認識字體字級、精算標題尺寸、學習走文拼版開始，指導我們的是個官僚氣十足、自恃聰明的白面書生，說起他有如熱帶氣旋的晉升故事滿是睥睨的神色，也算給我們新進者一個光明的典範吧。但我更喜歡隨有閒情的老編輯下去烏黑的檢字房，那古老仰仗大量手工的器具，瀰漫濃濃好聞油墨味跟汗漬、與機械比賽音量的空間，那架子上一盒盒與拋在架腳的一根根火柴棒似銀色的正方鉛字，如傲骨，如花蕊，我相信字有魂靈，萎地亦是遊魂，中用與捐棄，不過一念之間。但殘忍的事實是，檢字房隨即要被掃去歷史掩埋場了。

大倉庫辦公室是整個建築簇群的核心，通往它的路徑之一得經過一間教室般的校對組，兩兩一組坐了好幾排，交替著一人念稿一人校字，營營嗡嗡像一個蜂巢，如同格林或勒卡雷小說裡的過場。

整個編輯台放眼看去七八成皆是年齡介於我們父親與祖父輩的資深者，泰半擁有長年菸薰黃的手指與牙齒，腫大得嚇人的眼袋，好重的髮蠟味，他們有其奉行一輩子的職業倫理與職場潛規則，隱含權位較量的應對進退，吸收我們幾個生手從頭教起畢竟是負擔是累贅，何況能否成材、派上用場是個問題。我記得實習尾聲，一個晚上接手編一個新聞版，三個小時過去了，腦中猶如颱風眼靜滯，一個字也擠不出來。我想那不完全是上台恐懼症，更大的心理因素或是我抗拒成為其中一員吧。

然而「生命自會尋找出路」，沮喪挫折之後，勉力動員全身細胞偽裝也好、同化也好，遵循他們的規則，使用他們的語言，一旦化入其中成為一員，一顆螺絲也罷，一塊楔木也罷，自然得以存活下去，老朽下去。第一次看見雜誌一張跨頁照片，某個超級政黨的全國代表大會，台上紅絨布幕金黃流蘇前一排掌權者，台下分子結構圖般的座位，標題曰老人政治與權力交接。我覺得悚然，但也瞭解這是體制的保障，能待下去也沒什麼不好。

我對大倉庫辦公室的最後印象是那時風起雲湧的自救運動最激烈的一場，警民、朝野對峙了一天，整個城市在烈日高溫下發高燒，痙攣，接近午夜，腰際纏著BB call、鑰匙的記者一頭汗疾疾跑來，大喊打起來了流血了，一倉庫的人伸長脖子看著他，數分鐘後回歸平靜。不遠處一根柱子鑿空安裝了送稿機，一個有如膠囊的筒子，給動力擊發，便在各樓層迴腸那樣的管道傳送。擊發時的破空聲有幾分童趣。我看著桌上的傳真稿，又是鄉代會市代會、預算短絀、垃圾問題、陳情抗議，日復一日，彷彿一台殘破的自動演奏器。我望向落地窗外，一串燈光處是繞過這城市的大河，河水流向海峽，又覺自己一事無成如芥子。

一次讀到一小條地方新聞，我故鄉小鎮的老醫生開車時心臟病發作，撞車死亡。我認出那名字，是家鄉的老輩菁英。我將新聞挑出來，寫妥標題，漿糊接黏了，遞給核稿人，四顧蒼茫，在心中為那熟悉的名字送行。

日後在《奔馬》一書，彷彿針刺讀到三島寫出了那年我無解的心思：「我所說的罪，並不是指法律上的罪行，活在這個聖明蕩然不存的時代裡，無所事事只求苟存就已經是罪大惡極。」

傷害

「科技始終來自人性」，是那年ㄆ心目中最佳的企業口號。或者更正確的說法是，這一行字詮釋了科技完美掩飾卻也一瞬間曝光了人性。那是值得深究的辯證嗎？ㄆ說了一個職場上真正傷害的故事。真實的故事。

H是ㄆ的直屬上司，換個比較不緊張的說法，只有二個成員的小單位裡，不過先來後到、資歷深淺的差別。ㄆ坦陳那段時日執迷的想法，以為轉換跑道就是勵志書籍提供的一劑鴉片：可以打開另一扇風景，增加若干公克靈魂的重量。面試時H不設防的親和力、質樸的言語加深了看待新職的玫瑰色鏡片的厚度。前半年的合作很愉快，因為他們是魚缸裡唯有的兩條魚，很容易找到、調適彼此和諧共存的方式。職務並不繁重，他們聊星座、命盤，打碎人際冰層最有力的鐵鎚；交換求學與職場經歷，搜尋彼此人脈的交集點，數字統計不是說平均每隔六個人，我們就能連接上共同認識的人？所謂隔島躍進，世局如星空。嚴肅一點，各自表述對某一部電影、某一本書、某個搖滾樂團或創作者、某個政黨的喜憎與感想，像回到了大學社團時光。他們一同出國出差了幾次，最遠飛越太平洋，到了狂歡節才過的炎陽城市，彼此設定不重疊的行程，早出晚歸，不告訴對方在老城區發現幾棵散發奇香的百年大樹，最後一天才拖著行李在櫃台前會合去機場。他們共同的底線，個人私領域的最核心不觸碰，那是工作單位與親屬單位的分界，前者可以篩檢、創造、翻新，後者無從揀擇。

兩人隱隱察覺那單位畢竟是階段性的存在，所謂的專業沒有不可替代。或許源於那惘惘的威脅，H有幾次特別強調自己在這行業的廉潔，ㄆ記得談話時H人中的汗珠西曬裡正是廣告詞的晶瑩剔透。造型古怪的辦公大樓有部分的弧形，當然又是帷幕玻璃，下午的百葉窗阻隔了光害卻擋不了熱氣入侵，那些白襯衫黑或深藍西褲、規矩得就是活在框架裡不踰矩一分的群體，於冷氣與熱氣交混裡如同飄盪的幽靈。幾層辦公室裡有什麼不可挽的變動確實是在發生，H變得陰沉、尖刻且易於遷怒；ㄆ自嘲看似臨大事而鎮定其實是笨拙不知應對、默默承受H的前恭後倨。

H離職後，ㄆ處在倒數計日或者提前也遞辭呈的掙扎。有一日，在與H共用的桌上型電腦的檔案夾發現一個代號無奇的檔案，一封電子信的底稿，H向其同業摯友吐苦水，卻三分之二篇幅以相當蔑視的口吻夾議夾敘ㄆ的言行，包括性向、年紀、外貌，不能不說是極惡毒卑鄙的詆毀了。

「我應該當它是一篇掌上小說或寓言嗎？」ㄆ冷靜看著螢幕如同看著一面冒著人性本惡的沼氣的黑水潭，想到與H堪稱和諧的同事時光，想到年輕時記下的尼采句子，「當你凝視著深淵時，深淵也凝視著你。」遲疑了兩天，ㄆ告訴自己即使挫敗也要做個健康的正常人，遂精神勝利法的按下滑鼠，刪除那檔案，除魅H那黑水潭。

黃雀在後，數月後，一日H的空桌子上出現一疊A4，列印著隔桌另一單位的新進者過去三個月所有的私人電子信。絕非無心的錯放，ㄆ遙望辦公室一角的人事部那總是修道人打扮、笑嘻嘻的主管，背脊一凜，歐威爾的「老大哥」從未死過。一邊辦辭職手續，ㄆ一邊上色情網站複製雜交派對、人獸姦、雞姦、SM、皮革控、金髮豪乳高跟鞋、口交、大陽具、性玩具的圖片寄發電子信，心想：假道學的臭老B讓你一次看個飽。

木心寫過：「曾經良善到可恥，我不再良善到可恥了。」

春風戀情

不能例外，波士辦公室的門口必定有女祕書把守；波士的品味單一，必是腰高腿長，一頭瓊瑤片女主角的飄逸長髮，講話口音絲毫不台，一種修飾得很有氣質的悅耳外省腔。M比喻某一化妝品廣告的固定配方：俊男美女加愛的故事。但真相是曾有黑道為了保護費直闖，門口被女祕書溫柔攔下。波士事後聽明，一邊臭屁地反問，若不是個年輕美女豈能夠化解成只是一場虛驚？一邊安裝了閉路攝影機，因為矮，拿破崙懸在皇座似，當他坐在真皮座椅裡，總是不時瞄一眼桌旁小小的監視螢幕。

我們看穿了他的膽小怕死，卻也不訝異他追求兼櫃台接待的總機小姐、糅合傳統與後現代情慾色彩的傳聞。一日日注視著小螢幕裡年齡正好他一半的清麗倩影，激勵了睪固酮的分泌，根本的還是雇主與雇傭的權力不對等讓他敢於採取行動，一瞄到總機小姐準備下班，內線電話召喚去他辦公室，隨便談談都好。時間到了，她看看手錶，直言，男朋友樓下等我呢。波士最後祭出的是老套的電視劇台詞，眼光從落地窗外醜陋的屋頂之海收回，不無寂寥的後中年心情，可憐又可恨的老婆再也不能下蛋，他一生最大遺憾便是少了個兒子，累積的財富做什麼用？K厲聲罵，去死啦，兩個兒子早送到美西當小留學生。

我們那陣子看到總機小姐藏在櫃台下盤腿而坐平靜地讀小說，嬰兒肥的臉龐吹彈即破，沒有人仗義聲援她，沒有人提醒她有勞工局有性別平等法，我們存而不論，頂多順手幫她接個電話。所謂日頭赤炎炎，隨人顧性命，畢竟她只是個汰換率極高的總機。

其實有個灑狗血的媚俗核心的是我們，為什麼波士的情慾標靶不是近在門口的女祕書呢？去聖一步，所以寶變為石？其間我讀到一本心靈雞湯之類的書有一當頭棒喝說法，我們每日在隔板圈的時間勝於其他場域包括家庭不是嗎？然而量大不必然有正面的質變，我們期待辦公室戀情的心理或者是變相的獵女巫心態，誰敢以裙帶關係躐越位階誰就是想抄捷徑縮短奮鬥年限的叛徒。

火苗似乎來自已婚的馬內夾，對象則是一向穩重的X。在還未有充分的鐵證之前，空氣中有一股不打草驚蛇的默契，我們一早默默監視著兩人先後進來，下班時一前一後離開，據說馬內夾緩步經過時朝我們揚著嘴角一頷首就是訊號。僅止於此，我們無從再追蹤刺探下去，那是偵探小說的範疇。

偷情的隱密度與續航力必然與兩人智商成正比，我們如此定論，繼續等待了半年到了第四季，嗅不到與我們共有一室空氣的X意外洩漏過多的費洛蒙，唯有一回她穿了一款紅色套裝被K毒舌調侃好像紅包袋。年底一天，馬內夾出入吹口哨掩不住好心情，原來他太太懷孕了，超音波證實是男的。X毫無異樣只是行禮如儀般與我們一起歡呼，叫嚷著拱馬內夾請客。

我想到朵麗絲．萊辛與艾莉絲．孟若筆下甚至無一職場專技的傳統女性，為獵捕一生伴侶或就是一張長期飯票，如火山爆發的膽識與堅毅，為打造自己的婚姻（愛情？）有如進行一場獻神儀式，未達目的，絕不鬆手。環顧隔板圈的雌工蟻，沒有一隻做得到。我不確定這是否是進步。

波士家的晚宴

波士家今晚有宴會。祕書麗莎銜命去買花，知名館子外送來的幾道大菜，裹著保鮮膜，寶石大的魚眼藏著深海的奧祕，三色椒如同名畫鳶尾花的色彩聒噪著。我們故意吵嚷，海浪碎在礁岩，要開party嗎？引起我們飢餓的毋寧是心理因素，網路興起時的燒錢年代，資訊不時餵給我們鴉片，世上確實有一如迪士尼樂園的員工餐廳、休憩室、遊戲間、動腦房的夢幻福利設備；寓工作於遊娛，做永遠的彼得潘，是我們的大夢。

波士來到我位子，溫和的笑著，問我下班後沒事吧，不容我說不隨即說待會兒跟他一起走。「為什麼對你這麼好？」有老鳥粗氣問我。然而波士的頂級轎車有好聞的皮革味，行駛穩定如滑翔，完全不覺下班車流的壅塞，讓人很想試試捧一杯香檳也不至於搖晃溢出的奢華感。波士閒閒問了我的休閒嗜好，唯獨不提公事。我心中感激他的慷慨。

那兩年，我們聽多了波士的正面傳說，他有如曹孟德的風格（嗯，才能與態度），了解企業品牌的重要性與價值（痖弦詩：「如同我們擦亮一枝步槍我們擦亮這新的日子」），他行銷的大膽與創新（藍海策略？），然而隔板圈的我們感受最深的是他的改變（島國最愛講的「氣質」），我們傳閱一本雜誌的專訪，閱後無一不感動，記者稱讚他是同業裡第一個洗去了草莽味，他細數繳學費改造自己的認真過程，譬如出國深度探訪每個古文明、大博物館，學習欣賞交響樂、歌劇、芭蕾舞等等菁英文化，他反問記者：九位謬思的女兒、她們名字背得出來嗎？K閱畢馬上合十曰：富而好禮，善哉善哉。日後譏誚，感動個屁，沒聽過個人形象的美容嗎？

蕭伯納的《窈窕淑女》？屁股放的位子不同，腦袋想的當然也就不同，這是工蟻與波士恆是互成犄角的必然。而我們的時代不正是各行各業永遠亟需達人與明星照亮否則倉皇無以自處？如同我們不能缺少英雄。真正讓我讚嘆佩服的其實是他永遠在對的時候做對的事。K翻了白眼，道，錯的時候做對的事叫做黃花崗烈士好嗎；沒那個靈敏也甭想做個成功的波士了。

因此那個夜晚，我心甘情願進入波士的豪宅，捧著盤中一條大魚如同忠心的部屬，恪守緘默的美德，希望可以隱身其中。幾分鐘後，自覺更像掉入奇境的愛麗絲。

豪宅是樓中樓格局，二樓臥房，一樓起居生活，敞陽氣派，中間一道回字環廊有畫作有雕塑有書櫥，在某位我叫不出名字的女高音的華麗詠嘆調裡，賓客陸續來到，玄關即熱情揚聲，有捧著大束纍纍的花（祕書麗莎買的？），有義大利設計師的衣著，有專業兼名人的佻達。在那樣精細雕琢的空間，女性有她們的熟練的細緻，男性有他們的暗中較勁，不談國事，少少八卦，生活心得與情報才是重點。（依然是瘂弦詩：「觀音在遠遠的山上，罌粟在罌粟的田裡。」）

波士家如此的聚會想必常常有吧，我推測。巨大皮沙發讓我愈坐愈渺小，愈來愈覺困窘，我慶幸賓客的好教養沒有當我是侍從，悄悄找到了廁所，黑色系的簡約風格，有一棵枝葉條達且乾淨的盆栽。心情驟然得以放鬆，我想著這樣的夜晚經歷唯有小說可以救贖來完成，但浮上的結局刺點竟然是老套的主人翁對著鏡子痛苦嘔吐。

沮喪之餘，我的結論是我永遠不可能有波士那樣自我翻身的旅程。

癡人方舟

納博科夫文學講稿，「好小說都是好神話。」同理，每個新名詞也都是神話，隱藏的未必全是愉悅的訊息，更須提防它極可能是豬籠草般的陷阱。

當所謂的新遊牧族占領了連鎖咖啡館，混跡其中才能察覺那夢幻軍團的雜亂、畸零化、啼笑皆非。物傷其類，當譬如蟻窩、蜂巢的隔板圈及其設備不再提供，當我們被放逐在水泥城市遊走，尋找水草與庇蔭一如期待中樂透，才後知後覺世界正在改變，朝某個總是預言會更好、卻往往是更壞的方向傾斜。

那陣子我提早在遊牧族還未入侵前抵達咖啡館，氣惱的是從未能早過那一對夫妻。兩人有備而來，塑膠提袋裝著水壺、抵抗冷氣的薄夾克，夾著最新六合彩明牌的當天報紙數份與當期財經雜誌，各點了一份早餐，盤據了四個座椅兩張小方桌合併的位子，秣馬厲兵，家當（糧草輜重、武器？）攤了一桌，夫妻對坐，不發一語，顏面的線條潦草，戴起金框老花眼鏡，福篤篤身材卻彷彿土地公婆，紅藍筆在紙上勾畫筆記又彷彿起乩。一疊紙（簿記帳本、數據祕笈？）頁緣毛邊捲起，枯枝敗葉，令人感傷他們一心做的或恐是一場徒然的不醒之夢。十點後，早餐尖峰時刻過了，夫妻倆便像大貓蜷曲著睡了。夢裡，想必有著金幣如阿勃勒盛夏花瓣落下的發財美夢吧。

春聯討喜的句子，「財源茂盛達三江」，「利似春潮帶雨來」，然而兩人睡得太沉，注定迷失在那漫溢且水道多歧的迷宮。醒來時，不知為什麼總有些懊喪或只是下床氣，兩眼彷彿蒙了蜘蛛絲，收拾妥滿滿一塑膠提袋離去，結束這一早場遊牧；兩人腳上穿的藍白拖鞋，一步一啪啦。我看著他們臃腫背影，懷疑兩人的內在時鐘鏽蝕、指針掉落，卻繼續亂想市井傳說那些如收垃圾破爛者卻攢聚了一筆鉅額鈔票的守財奴。

若我的假想為真，這對夫妻才是新遊牧族亟欲捕捉的獵物吧。組織扁平化，加上3C產品氾濫，我已經習慣了咖啡館裡以保險為大宗的業務解說，比起查經班、婚友聯誼、住宅大樓管委會例會、一對一語言交換、假讀書真發情的小公狗小母狗，我寧願聽業務員翔實解說，將人之一生及其必然歷程銀貨兩訖的數字化，兩方小心翼翼的互賭賠率。

但那天我顯然運氣不好，下午遞補進來的兩個儀容整齊的中年西裝男子，較年輕的一手金錶、鑲玉金戒指抖抖兩張影印紙文件，台腔嗓音低沉述說他在土地買賣的影響力覆蓋了黨政軍，即便港資陸資都得先找他一人打通關，他一顆人頭抵一百個官印，實證如下：某一塊黑白兩道爭奪數年的數千坪地、某處閒置半世紀動彈不得的軍方用地、首富之一某某的開發計畫。較年長的恭謹地點頭做筆記，鬢邊壽斑如列島的長臉浮盪著喜悅。兩人談定了付款方法，金錶上半身往椅背一靠，「不急，你回去跟家裡再商量看看。」放長線釣大魚？他傾身向老者吐露，我其實是帝爺，我太太是聖母，我們投胎下凡來就是要幫助人的；「ㄏㄡ喔。」那語尾音勾起了我的鄉愁。老者只是傀儡似點頭，幾次開口，聲如蚊哼。

「土地是愈來愈少了。」金錶由衷的結論，曲終奏雅。

兩人處事明快，談妥了就離開，走進外面金燦燦的日光裡，路樹白千層搖晃象徵著這真是美好的一天。

卡西勒《人論》：「人的突出特徵，人與眾不同的標誌，既不是他形而上學本性也不是他的物理本性，而是人的勞作。」而我們在咖啡館方舟上隨時間漂流，四體不勤，以為作夢即是勞動。

秋日和

都說鯤島的秋天短暫、飄忽，何況中央空調的辦公大樓隔絕寒暑，罕有的意外是化纖地毯塵蟎過量或不明原因有了跳蚤。我算是合理的疑慮是，比起魯迅的鐵皮屋，那樣完美的密封玻璃空間若著火了，吶喊喊破喉嚨又怎樣？同事撇嘴角一指貼著紅色倒三角標誌的窗玻璃，笑我孤陋。

秋風撼動那一小片狹長玻璃，馬內夾在會議尾巴順口交付工作，頗有江湖道義的說，我們開的頭，也就我們收尾。城南盆地邊緣的山坡，沿著之字型道路是彷彿如來神掌的新建物簇群，還有不少餘屋，坪數加單位數，總金額仍是一筆駭人的數字。處理績效若好，我們自然也受益。

以前我當作郊遊來過。出了市區，愈來愈惡劣狹窄的路況說明了建設經費到此花光了，一如那些忠實反映農耕形貌的鄉野地名諸如厝、犁、坑、樹腳，而今名存實亡，特別諷刺，一條柏油路輾過，現代城市的商品系統癌細胞般順著入侵，遂成了古怪的城鄉混合的附庸。野草腐竹叢共鋼筋水泥垛掛著血紅色塑膠布，廣告一種特有的美味食補，嘗過的業務大力推薦第二天屙出一週的分量，整個人神清氣爽，讚。

那時山坡造鎮粗胚成形，更是一群龐大巨獸譬如摩斯拉或侏儸紀，地上四處堆棧著建材如骨骸，車尾滲滴著膿水般的預拌混泥車接龍來去，陰濕的水泥發著墓穴臭味。我在黑夜壓境時立在草坡一隻人蟻，蒼茫中遠遠就感受得到巨獸的威力，只不知是睡是醒，安撫牠的大祭司何在？半空閃過熒熒黃光，背後是沉默千萬年的山脈稜線彷彿大地之母的胸乳，然而我們貪婪造出的可會是一場暗含核爆毀滅的噩夢？

再來時，工事全收了，山坡造鎮成了，一個開闊的新天地，是白金色澤與光亮的秋天，濕度宜人，入口管制的大門好像凱旋門，蒼綠山色裡突出的嶄新高樓彷彿華表還是鵝頸，車子蜿蜒而上，一路都是向陽坡面，令人無法決定是要以比佛利山、香港半山還是希臘聖托里尼島比附？

既然是餘屋處理，波士馬內夾皆認為是售後服務，亦即無需投注太多心力，意思到了就好。我們陽奉陰違，珍惜每一次來出遊的機會如同放牧，對著曠遠晴空發呆，亂想著星座間以音波傳遞密語。我跟隨攝影師四處獵取鏡頭，尚未啟用的游泳池波光瀲灩，遮陽傘，台灣海棗，太陽下吹來一陣風透露一絲凌厲，冬天還會遠嗎？可是總有善於等待的人，等到池水乾枯，樹死傘破，這是一場不可逆的時間之旅。等到月亮出來，住戶亮燈，藉此或可評量入住率究竟是多少。

是的，巨獸神隱了，噩夢昇華了，之字型的柏油坡路適宜遠鏡頭框住一個人奔跑，跑得氣喘吁吁，因為心中一事不得解。或者，根本是來日大難，一場超強地震，看誰命大能夠逃生。

我沒忘記這是鯤島首都的轄區，找到一個制高點，幾乎可以俯瞰盆地全景，不得不哀嘆真是好醜陋啊，無數的屋頂、水塔一如海嘯之後的倖存物。我想到中學時迷戀史坦貝克《伊甸園東》，開篇工筆畫寫撒玲娜河谷如同田園牧歌，「我發現自己一直對西方懷有畏懼，而對東方懷有喜愛……也許是因為黎明從加比蘭山頂升起，夜晚從聖盧西亞斯山脊壓下來。每一天的誕生和消亡也許使我對兩條山脈產生了不同的感情。」盆地邊緣山勢綿延，合拱環抱，盆地裡白日如廢料場，夜晚形同洪爐，燈光一如炭渣，我想不出任何理由能如那信念與虔心至極的鑄劍夫婦莫邪干將，快樂的將自己投入爐火中以身為殉。我想還是回到中央空調嚴控的辦公大樓，那才是流著奶與蜜的應許之地吧。

往昔的黃磚路

百無聊賴宛如主機進入休眠狀態的下午，K咬著指甲問我，還會記得第一份工作的第一個同事嗎？K要說的是，那時候正年輕，他們在一個國定假日去了角板山，走下長長的陡峭山路，坐上遊艇，水上的日光照得眼睛睜不開，隨即盹著。醒來上岸已是舊日大稻埕。K懷疑真的有那樣的水路航程？或者是他幾場怪夢的自動嫁接？還是睡夢裡記憶遭攔截、竄改？而K真正痛惜的是那些初生之犢的工作夥伴，櫻吹雪般的純粹友誼很快的凋零。

那年，ㄌ的面試緊排在我之後，我們都記得像極了蟾蜍的主考官與他那嚇人的眼袋；新丁訓練結束，分配隔板（確實以三片木板組成）位子，ㄌ緊鄰著我。高樓外炎熱的晴空，一如我們的前程，有無限可能卻又是疏空無從下手。現在想來，那時我們僅知地球村未聞全球化，時代新陳代謝的轉速還悠緩，而且形勢比人強，我們願意承認前此的受教養成其實無用，所以願意惕厲自新重當一張白紙，從馴化自己開始。加班逾時找主管簽一張餐券，集四五張可點一桌合菜，愛穿改良式旗袍的餐館老闆娘每月底來結帳；午休一小時，日光燈啪啪啪關了，一層樓在冷氣裡晝寢，浩浩的日光蝕刻著白雲層更見立體感，我眼前一張紙列著所謂的鬼十則，「一旦動手，在未達目標前，見神殺神，遇佛滅佛，即使被殺也絕不罷休。」視網膜後彷彿兩道冷熱流交織，什麼是神？哪來的佛？唯見一室人耶鬼耶睡得魂不附體。

唯有完稿部門那個極黑心陰毒的女主管是不寐夜叉，見了懷孕同事撫著大腹軟語甜蜜交換女人經，居然說：拿根針戳一戳看會不會破啦。

ㄌ睡醒時兩隻灼灼大眼總是布滿血絲。他家鄉是那以古法醬油聞名的中部鄉鎮，脫農入商，他確實相信眼前的道路可以有所為，只要每一日以認真勤奮做基底，每一天用的功、盡的力就是修行，未來必然鋪出一條通往幸福的黃磚路。比起我，ㄌ心志專一，也看清彼階段的我們一如父祖輩時代做學徒的日子，抱怨猶豫愈多，基本功愈稀鬆，晉升愈渺茫。他樂於在部門之間當個陽光信使，興沖沖組織下班後讀書會、借會議室促成日文進修班，無關個人愛憎，只因為我們是「鄰兵」嗎？眼見他愈來愈符合體制預鑄的模型，我不願意犬儒，暗暗瞭解這是他的揀擇，他將會以此為據點，勞動、戀愛、築巢、繁衍，企圖攀上人生巔峰。十二月的寒流晚上，我在時尚尖端的百貨公司前遇見他與同辦公室的女友牽手浴在濃得化不開的聖誕歌聲與七彩燈光裡，節慶真正的喜悅在兩人眼裡。

之後我們相繼離職，徘徊幾年後同樣選擇西行取經的道路，以為那或是擴充人生版本的捷徑。那年夏天，我坐了一天一夜的灰狗巴士到了美中一農業州的大學城，ㄌ帶著新婚妻子已經就讀一年了。看完賽馬，我們去一家占地廣闊的餐廳吃自助餐，二樓下眺旁邊的公路系統，麥芒黃光裡坦蕩蕩直驅天邊，車流如同某種理性的夢，各自有其去程與終點，不會相互干擾。

再一年夏天，ㄌ告訴我他要繼續來長島讀取另一個學位。編號四九五的高速公路貫穿手指狀、保留不少印第安用語地名的長島，我們分住公路的兩端，見面時，ㄌ給我看他在家戶車庫的家私拍賣的發現，來自遠東的骨董、青花盤、錢幣，甚至行腳僧的竹編背包架。

一個初夏上午，我陪他們夫婦帶著幼嬰進城去洛克斐勒中心的公部門申辦證件，入口處一座一人背負著地球的鑄品。是濕氣還是懸浮粒子，日色靉靉，那是工蟻神聖殿堂的曼哈坦最舒適的季節，走在大樓峽谷底人潮裡，想到那句老梗台詞，看，好像螞蟻。

從小吃美國夢奶水的我們，都幻想過在這裡找到一個位子奮鬥並實踐一己的理想。可當我們真正踏足其上，隨即了解我們只能做一名觀光客。

返台後，我們各自被吸納進看似運作更精細、規模更龐大的組織機器，ㄌ舉家遷居中部，他說畢竟還是喜歡美中大學城那樣簡樸的環境。他正式給過我一份工作機會，我沒有多考慮便拒絕了。對我，他是一種恆在的安定力量，但必須保持安全距離。

於各自的軌道運行，有痕跡作事證的可比擬為年輪，否則就是吞噬的流年。又一次離職的前夕，我在鄰桌上看見一紙公函，橡皮圖章的總經理署名正是ㄌ，大大的楷體字，那是呼應我的告別最美好的一次。

一年多後的深夜，我接到一通電話說ㄌ過世了，肝癌。

滾石不生苔

講起這些，Q已經沒有火氣，就像那印度僧人之語，老年時，任何地方看起來都是異鄉。他淡然述說，讓故事裡隱藏的智慧種子如炭火隱隱發光。

但，其中果真有智慧？

Q說人際關係一直是他的致命傷，小時候就是個害羞得近乎病態的孩子，家裡來了客人，隨即躲進房間，父母篤守傳統的教養，要他伯叔姆姨叫人，他慌亂躲進母親陪嫁的衣櫃裡。即使戀愛時，他也懼怕與對方直接眼光接觸，「人焉廋哉」，他知道聰明的、精銳的眼睛如同X光線穿過皮肉，剝開心思，或者凌遲，或者宰制；若不幸在會議桌有具侵略性肉食人格俗稱霸氣的，凶光輻射，立即明瞭進入了動物星球頻道，食物鏈的殘酷劇場，你擁有的專業技能與經驗充其量只是一片薄紙盾牌，最關鍵的是你若只能守不能攻，你就永遠向輸家傾斜。嚴重的時候，Q甚至懼怕打電話，必須將要講的話以紙筆打好草稿，但拿起話筒，一鼓作氣不成，再而衰，三而竭。他想到那些年屬於文青的流行語，廢柴。

K說你要不要找心理醫師檢查是否亞斯伯格症？他搖頭，我知道自己中庸之材，沒那麼高的智商。K繼續信口分析，太壓抑了你，只要找到一個點、一個核心卻微妙的點，一戳，就像白馬王子吻了睡死的白雪公主，肯不肯試試，我幫你搞些大麻或藥丸，反正電音你也聽，就解放自己一次，看看自己的廬山真面目。安啦，我會從頭到尾監護著你。

Q最後一個有隔板圈的工作是在某公益性質的基金會大機構，看似吃大鍋飯、眾人平起平坐，他覺得近似負日之暄的坦然與平和，除了自己分內的工作，其餘完全沒有關係，彷彿回到太古的漁獵時期。那是個美麗的錯誤比喻，K不免討人嫌的小聲說，加工區生產線的作業員不就是這樣子嗎？

不發生關係僅是一時錯覺，大機構分散在兩棟大樓的幾個樓層，必要接洽時走樓梯、穿廊道、下到潮涼地下室、刷感應卡、敲敲無菌室似的玻璃房，他以為可以啞巴般遞交了物事便離去，但陌生同事有婆婆媽媽會問他婚姻狀況，看氣色談起養生之道，推銷練功組織，然後迂迴扮起了紅娘。直到一天，演豬八戒不必化妝、小他整整一輪的同事突然叫他：「老芋也！」他才徹底覺得潰敗。

在那天光充足的廊道，他試圖掩埋心中的怒氣，因為他完全知道「老芋也」綽號底下的含意。比歧視更具殺傷力的是鄙視。年輕同事完整的潛台詞是：年紀一大把了連個起碼的職位都撈不到，還是個基層，沒有半點權力，搞屁啊，我看不是能力就是智商有問題。

Q未能怒吼出來的是，難道工作不能只是單單一份薪水？我在這裡交割完畢，用以供養另外一個我，做自己真正喜愛、擅長的事，實踐真正的自我。職位權力高低於我何有哉？

再次我無話，雖則對Q我非常同情。「滾石不生苔，轉業不聚財。」是一句於今幾乎被淘汰的話語，但它是永遠有效的訓誡，呼應著隔板圈的遊戲規則，心有二志、只想安穩不思爬升的，同儕自然施予壓路機般的鄙視進而排擠的力量，那至高無上、自發的進化驅力，即使自認為一粒芥子也難逃其酷刑。至於個性與職位的衝突，嘿嘿那是另一個議題。

「沒有比執著於夢境的人更無藥可救的了。」三島在《奔馬》的驚人之筆，我心念傳給Q，是的，我們無非都是芥子。

野地的獸

Ω不喝水、直接仰頭吞藥的動作誇張，為的就是讓周遭人知道他長期服用抗焦慮、或他強調解躁鬱的仙丹。他戲劇化的以三角眼睨著新認識的朋友，說：「是的，我全家人都有病，神經病。正確說應是精神病。」然後機警地研判對方的反應，以便鋪排下一步是輕鬆微笑或者眼眶盈淚。做為王爾德模仿論的實踐者，活著就是得戲劇化，他好得意最拿手的是背靠吧台，三十秒內從燦爛笑容轉為幽暗啜泣。假得很真，真得很假。

但同儕我們真正佩服的是他對工作的態度，很難說是大膽、狂妄或虛無，阿多諾寫過，「哲學本來是用來兌現動物眼中所看到的東西。」所以根底Ω心中是沒有工作倫理那樣的上層建築之物吧。因此，週一一早開始穿制服，對鏡子打領帶，他開始咒罵，直衝牛斗的怨氣帶進辦公室，當著上司面摔馬克杯，說：「請移動尊臀，別擋路。」（古希臘哲人：「請不要擋住我的陽光。」）客服電話接到譙三字經的，國台語雙聲帶回答：「我娘已經死很久了，你來我願意代母受過。」那些綿羊般女同事請他商業午餐表示無限的佩服。

一夥假日麻將友也大半是延續了二十多年的老同學，有專挑外商公司跳槽的，有繼承大筆遺產仍以年薪決定舊職去留的，餐後討論原物料、商品、財貨、季報表與工作、職業、志業的進化比較，Ω非常不耐煩，一字終結，屁。他接受的是那個古老的比喻，驢子眼前吊一根吃不到的紅蘿蔔誘使那笨驢奔跑到死；目標則是，人的最低自由就是無需工作，活著就是享受快樂。已經是富爸爸的老友反諷他，所以快樂就是你的工作。他無賴答是，此生的終極夢想是住在熱帶島嶼，有一座（後？）現代軟硬體設備的大房子，大庇島國好友盡歡顏。

我們母親那代人的譏刺俚語，一年換廿四個頭家。是以我們毫不同情Ω常常處在待業狀態，抱怨沒有年終獎金、沒有年假；我們甚至暗暗期待他投身付出與報酬不成正比的某一特殊行業，我們便可說，那可一點不意外。

逾半年的人間蒸發，Ω邀約大家聚餐，帶來兩支紅酒，印花緊身襯衫，手腕戴鑽錶，粉面桃腮。我們盡責地斟酒等他翹起蘭花指主動告解、說出故事，如同傳說中阿果號的唯一生還者。

引薦Ω的是老同事，easy money是兩方協定的通關語（好老套、沒有想像力），他的工作只是按指示搭乘轉機數次的國際長途飛機，於某一站接手內容不明的一牛皮紙袋，抵達目的地時，歐洲某一以合法大麻與紅燈區著名的空港，穿上一件黃色防風雨的登山外套（木心詩句：「土黃色傻氣」），出關，行李轉盤處有人再接手那牛皮紙袋。三天後，他搭火車穿越邊境再折回，沿途的山景美如仙境，約定時間同一空港離境，還是黃色外套，入關前脫下，內裡外翻，神不知鬼不覺。是他自己如同傳說中不聽話的頑劣分子，回頭一望，一條黑頭髮黃皮膚鳳眼的人蛇靜斂尾隨著他，他覺得背脊的空氣沸滾了起來。登機前將近一個小時，無論他走到那裡，人蛇安靜地跟著他，他極力迴避但總是接觸到了他們眼裡希望的星芒，聞到了他們身上濃厚的泥土味。飛在陰晦雲海上，第一次他覺得那或許是他一輩子陌生、叫做羞恥的東西如同閃電無聲劈向額際。

恥感閃過即沒，他只是一枚棋子，極可能若計畫失敗是被犧牲的第一個。

安全回到島國首都，到鬧區高樓層一家複合功能的K書中心等老同事下達新任務，下眺大路的車流，此處供餐、有網路有睡鋪也有淋浴間。他拿出優待券，櫃台說，不好意思，過期了。他臭臉，覺得受辱。

《聖經》但以理的預言：「你必須被趕出離開人世，與野地的獸同居。」

敵人

——聽來的故事—

格言、名言、智慧小語控是K的職業病，他最愛引用的一句，愛的對立面不是恨，而是冷漠。數年後，與β在那頂燈星雲造型的大會議室不期而遇，彷彿兩艘來自不同航道的船在尾閭交會，船過水無痕。

K冷眼看著β，才幾年她已經失去了妙齡時的妍麗，成了一精悍婦人，熱情若一海碗麻辣湯頭迎面澆淋，笑著叫嚷，張臂要擁抱，打開手機的兒子相片問即是答，可愛吧聰明吧帥吧，炫耀地推薦新換的休旅車。K柴柴的收拾了桌上文件，以自己平素的節奏、看似漠然離開了。β笑嘻嘻揮手，補上一句，有空喝咖啡聚聚嘛。

K頓時覺得又居下風，「以前的敵人是非常清楚的。」「要將事情做好，先把敵人找出來。」傷疤閃著金光的經驗談兩條浮現眼前。

β以新人之姿進公司時，穿著過大的套裝在隔板間誠惶誠恐卻口齒清晰的拜碼頭（小說家亨利．詹姆斯寫過：「這是一張剛印好還沒有摺疊過的報紙，顯得清新悅目，內容豐富，從頭至尾也許沒有一個錯字。」），如同扭水龍頭與大家熱情交往，進出三波士的辦公室好像串門子，傳出她有感染力的朗朗笑聲。一年後，大家才瞭解她最毒婦人心（很抱歉如此的性別／政治不正確）的布網，舉凡銷量、預算巨大且業績樂觀的，無一不積極卡位或攔截，更讓大家駭異的是她毫無羞恥心的抄襲，嘻嘻說：「那是最隆重的讚美。」即使已成了隔板圈的公敵，她無宿仇的每早與大家笑臉，召集一起午餐。

那次例行的嘉年華式尾牙晚宴，鬧了六小時之後。滿懷狂歡後的寥落，K折返大亮卻空蕩蕩的辦公室，想到文藝青年時牢記的比喻，像一隻蒼蠅爬在水晶球上，無論如何爬不進那華麗的核心。突然看到β掙脫了高跟鞋，蜷縮在座位地毯上抱著垃圾桶，嘔吐完了陷入昏迷。K一剎那吃驚自己的冷血，竟覺β才像一隻據著腐物大嚼的綠頭金蠅。

或者是一廂情願的幻覺，K祕藏著對隔板間的一份想望，他以為共事一場最美好的時刻是在目標具體了、進程擬妥了，全員集合了，如同阿果號就要揚帆出發。美其名為革命情感。是這個稀有、偶發的真情支撐他在職場一年年的過著。

他記得一個強烈寒流壓境的深夜，走出大樓，林蔭道如同屏障，他腦袋空空有茫然無從之感，β開著一輛小車停他前面說送他一程，昏暗中，β的聲音特有一種誠摯，說起自己多災難的身世，受夠了永遠互相叫罵怨憎的父母與貧窮的滋味（沒錯，貧賤夫妻百事哀），因此她要創造一個自己完全主宰的世界，一定要生兩個小孩，男女都好，這樣她可以重新過一次光亮幸福的童年。

K的同情如同等紅燈時隔壁車子伸出的香菸火光，一彈即滅，β的話確實可信嗎？還是她不久前劫了他一個大案後的苦肉計？他眼角餘光瞄到她眼睛閃過難言的什麼，覺得自己愚蠢極了，竟然輕易地上了敵船。東風起，戰鼓擂，誰怕誰？

我聽完了故事，一樣只能當兩腳書櫥，奉送K愛爾蘭的托賓寫亨利．詹姆斯的小說裡有一行可以拆開來，成為兩句閃著靈光的箴言（或根本是嘲諷吧），「錢給靈魂帶來甜蜜，金錢就是一種尊嚴。」金錢，「給女人一種立足穩當的感覺，即使年老了，這種內在的光芒也不會湮沒。」

兒子

——聽來的故事二

「我以前的女朋友是個文青，超愛背《紅玫瑰與白玫瑰》像念經，『振保的生命裡有兩個女人，他說一個是他的白玫瑰，一個是他的紅玫瑰……也許每一個男子全都有過這樣的兩個女人，至少兩個。娶了紅玫瑰，久而久之，紅的變了牆上的一抹蚊子血，白的還是「床前明月光」；娶了白玫瑰，白的便是衣服上的一粒飯粘子，紅的卻是心口上的一顆朱砂痣。』幸還是不幸呢，現在老婆不做張迷久矣，這段美文我卻另有體悟，我們的生命裡總有兩個同學或朋友巧合成為一組紅白對照，給他們起碼的十年時間後，紅的是一頭撞牆的壯烈，白的是舊蚊帳般的令人悽愴。

我的這一對紅白同學都是家底殷實的富家子，但家教嚴，並不覺得特別不一樣，或著在我們那個物質匱乏的年代，貧富差距能夠形於外的相當少。要等到畢業十年，第一次開同學會，紅玫瑰開一輛騷極了的跑車來，餐廳還沒禁菸的年代，他炫富的使一個精鑄的打火機，脆亮的一噹響聲讓大多是公教人員的我們神經震動。看大家也是歪頭斜著眼睛，一副欠揍模樣。畢竟不一樣了，我老婆倒是平和地說，他跟我們不再是同一世界的人。然而同學鋪成的網絡陸續傳來他的傳奇故事，父親猝死後，為了遺產與母親打官司，也抖出了他其實是養子的祕密、壓垮了他黃金鳥籠般的世界。我們真正驚訝的是紅玫瑰以胡亂揮霍來陷溺自我悲劇的幼稚，幾歲人了，是親生是領養有何差別呢？如同通俗劇的濫調，在又一次與養母大吵後，上制服店喝爛醉，酒駕翻車（那有著如同太空梭的引擎的跑車華麗地翻覆在最精華地段的安全島），死了。老實說，我們很難同情。

白玫瑰則是加長版的悲劇。記得一個中秋節全班去他家出借拍過三廳文藝愛情片的別墅開舞會，豪華水晶吊燈下牆壁上掛著鑲著金框的巨大全家福油畫，他父親經營南部一家大藥廠。他沉默地縮在那仿路易王朝的金碧輝煌沙發裡，不單純因為他矮小，整個風格就是一貫唯恐得罪人，溫和的乏味。畢業前夕，大家煩惱著就業與出路，迥異於紅玫瑰的毫不在乎，他說非常焦慮甚至恐慌必須接棒父親的事業，他沒興趣也沒能力，是誰提醒他，雇個專業經理人不就好了。是反諷還是反高潮，或者命運之神聽從了他的召喚，他父親中風成了植物人，母親癌症，十年間耗盡了家財救治不好，才約好了似的幾日內相繼過世，同年，他老婆捲了細軟、丟下一對雙胞胎跟著一個玩期貨的男人落跑去北美洲。不能更衰了的衰郎。像白玫瑰這樣少也富貴、不能鄙事而突然潦倒是最悲慘的，同學會後他打電話來支吾許久還是說不出口要借錢。老婆也贊成我就當是救濟他吧，可有一次偏偏在大賣場遠遠看見了彼此，他立即蟑螂似慌張逃走。

怎麼會這樣？我們懊惱極了，又一位少年友人就這樣失去了，而且可能是永遠失去了。『同學少年都不賤』，原來是要這樣子看待、珍惜的。

幸好我們沒有變（演化）成我們討厭的那類人。現在我們老同學聚會、因為人數最多從不超過五人再也稱不上同學會，每次總要提起紅白玫瑰，一死一殘；總要追問有無白玫瑰的下落，沒有人知道。掛念嗎？也不是，他讓我們第二天更踏實更甘願的進了辦公室，老老實實過完一天，確認自己腳下不是流沙。」

畸人

——聽來的故事三

好吧，容我用傳統的小說筆法開場，雖然時隔多年，我一眼就認出他，鏽逗桑。他瘦削形體的唯一差異是頭髮盡成了灰白，但髮量未見折損，學生式的斜肩著帆布包，讓我確信他是從蟲洞鑽出來，但時間沒有治癒他一身不安且哀傷的酸味。是個大型演講場合，太強的冷氣滲著芳香劑，講演者勤於跑碼頭因此講得像乳酸菌飲料，順口但喝了就忘。

鏽逗桑漾著恍惚的笑走向講演者發問請教，接下來的短暫時間內，他將會像一具電路板故障的機器人，重複相同的動作；問畢，點頭道謝，退後到角落，遊龍般趁空隙再上前發問相同的問題。講演者終將神色惶惑，邊答覆邊搜索遁逃的路線，也尷尬測試自己惻隱之心的底線。

恍然如昨。那是我職場生涯的第一現場，號稱島國最早開張、引進東洋軟體的廣告公司（之一？），在其祖國是窗邊族的倭寇後裔渡海而來成為一早就在公司如七爺八爺出巡的高級顧問，西裝的金鈕扣熠熠發光，呼叱員工像他們祖輩當年治理生蕃；經營者則是受過完整的被殖民教育、過度使用敬語到令人作嘔的小氣鬼歐吉桑；櫃台兼總機的工讀生在電視台歌唱比賽節目衛冕了幾關遂自覺是個小明星，隨時煲著電話粥。每天，我嘗試將自己塞進小位子的小框框，一如將學了二十年的方塊字塞進商品的神龕以為牲禮供品。

經營者鄙夷地訓斥我們一群菜鳥：「你們等於是才進門當學徒學功夫，居然還有薪水拿。」好像我們是一群恬不知恥的剝削者。那時西門町的「巴而可」廣告女郎一張油紅大嘴咬著一把大蒜，中華商場還在，我們替中森明菜老是氣勢上差松田聖子一截而莫名著急，「自力救濟」、「街頭抗爭」、「肢體衝突」、「我有話要說」是新興的民間話術，我們為之亢奮起雞皮疙瘩，還是每天搭老舊電梯走進老舊辦公室，能夠做、做得來的事那麼少且瑣碎。一部嗆俗電視廣告問大家：一百萬新台幣能買什麼？答案是一部進口轎車。每天下班，走進煙塵滾滾的南京東路，赤紅太陽在背後咚咚的往下掉。覺得窒悶無有出路，好像自己是數百年前愚人船上的一員，因此放任愚蠢地渴望有個教宗、祕教教主給一個傾全身心效忠的完美理由。

老舊公司一半組織如同起司充滿孔隙，資深老鳥對著玻璃窗梳著他稀薄的頭髮，鏞逗桑伴隨傳言現身，裙帶關係塞進來不支薪的閒人，大家容忍容忍當是做善事吧。然而職場不是傳統的公門好修行，儘管瞭解，但無人能忍受一個心智、言行不能納入規範，且無有產能的畸零人。默片《摩登時代》的卓別林精靈地成為一個時代的蜂螯，更魅惑一個時代，他矮小卻大聲問：「你，一個有靈魂有思考的人，真的甘心朝九晚五只是做個機械人？」而我們看著一個文瘋子在整個樓層、在會議進行時，如薛西弗斯重複的來回、起坐、沉思，勾起了我們內心深層的恐慌與噩夢，人人心裡都有一個鏞逗桑。很快諸路人馬去向經營者告狀，帶著理直氣壯的狀詞：「通往地獄的道路往往由善意鋪成」，你要我們在地獄工作？

晚霞滿天的下班路上，鏞逗桑獨行在我前面，逆光成了輕盈剪影，無汗無垢，看不出年齡，我心中應景揚起一首藝術歌曲〈當晚霞滿天〉，來自年少的抒情廢墟，「我愛我愛，讓我祝福你……」。

第二天他不再出現，曾經受其輕微騷動的職場機器什麼都沒發生過，我們得以煩惱應該煩惱的，鬥爭應該鬥爭的，企圖打造一條天堂與地獄之路。

老人

那年巴布・迪倫來島國開演唱會的消息傳開，我們的反應是不安遠大於興奮，焦慮遠大於期待，「廉頗老矣尚能飯否」，那麼老了還能唱嗎？演唱（天啊什麼時候演、唱合體了？）的目的與意義為何？那兩句講爛了的，時移事往，寶變為石；我們願意召喚的永恆美好是他與瓊拜斯（有人堅持叫瓊拜雅）合照如金童玉女的時刻，吉他一撥，令一代人的靈魂顫抖，他們唱歌不是唱歌，而是鼓盪一整個世代起來反抗的風潮。畢竟是許多年前的事了，讓心境已如廣角鏡、初老的我們不可能只滿足於懷舊，再去檢視年輕時的偶像，好殘忍。

是的，「花兒都到哪裡去了？」那些老人都到哪裡去了？那些壞脾氣、愛教訓人、老花眼鏡滑到鼻頭、總是看不起下一代且固執如糞坑石頭的老人（確實常常一身並不好聞的味道），那些在我們年輕時東鄰島國曾給予過美化名詞

「窗邊族」與「浪漫灰」的老人。

那些職場老人似乎終年不離開辦公室，他們永遠比我們早到，比我們晚走，散發聖殿騎士的氣息（先到先贏，從最早的灑尿進化到插旗，宣示動物的地盤主權？），其中總有至少一個自認懷才不遇的言行特別乖戾（青春期叛逆的無限延長？），總是一身酒味，瞪著布滿血絲的大眼開罵，尤其關於那些將人囹圄在隔板圈的規範，我們聽著心裡其實過癮極了。然而我們也隱隱知道這樣的人內心怯懦，他絕對沒有那志氣離開，「老子不幹了！」。有次加班到深夜，我們在黯黑巷道撞見他嘩啦啦的便溺如一頭牛，他回頭與我們一對望，似乎有什麼器物就此跌碎了。就像我們唯一目睹一次有個鰥夫老人真情流露的醜行，終於受不了他近乎性騷擾的殷勤與熱情的中年婦女在開闊的辦公室大聲喊：

「你別再煩我！」

我們真正敬畏的是那些有如打磨、累積一輩子手藝功夫的老師傅的老人，他們才是真正的聖殿騎士。他們確實比我們的父親還老，以致我們總是拿捏不準與之對應的分寸，或者我們疑惑不解的是那麼老了怎還守著一個不上不下的位子？害怕他的嚴厲、對工作倫理的寸步不讓，同時我們又一點點喜歡或羨慕他除了菸癮、整個人似乎那些雜亂的毛邊都割刈了，衣著整齊，有個管教甚嚴但恩愛的妻（？），家庭安穩。罕有的機會，我們下班了走在一起，一旦離開辦公室那傾軋的磁場，他就成了溫和少言語的一般老人，壽斑爬上臉面與雙手，像小津安二郎電影永遠的父祖形象、乾淨壓抑的笠智眾。我們甚至相信他大去之日會自己選擇無人見的偏僻角落默默死去。

我們終究無人去看巴布．迪倫的演唱會。我們相互傳送李歐納．科恩在演唱會歪戴呢帽、沙啞（有沒有顫抖呢？）迷人地唱著他的招牌歌之一，「I'm Your Man」影音檔，老先生的帥氣已是他的獨特個人風格，不可複製，無論他吟唱的感情關係如何殘酷、無奈、撕扯，靈肉不能兩全，他就是有著公獅子般的氣度。

我們希望來日成為那樣的老人嗎？職場能將我們點石成金嗎？正面美麗的說法或是蘇轍誄其兄蘇東坡的句子，「其心如玉，焚而不灰」；還是像《魯賓遜漂流記》那樣稍有怨氣的棄世或是裸退？「現在我看世界，像一個不值得注意的東西，它和我絕不相關，對它我也沒有希望；實在我也不需要它了。總之，我和它絕無相關，就是將來我也不希望和它發生關係。」

長了翅膀的蛇

K一早帶著宿醉出門，覺得舌頭腫大，頭殼灌了泥漿，信箱裡有一封比標準信封大三分之一的信，雷射印表機打印出來的毛筆字體有訃聞的意味，在捷運車上拆開：「吾兄鈞鑒」，見鬼了，K心裡啐道，列車進入隧道，水泥壁上的燈果真如鬼魅，署名正是當年大家謔稱為太子的集團少東。

「時光荏苒，忽忽一年，久疏音信，歉甚。愚弟時運不濟，蒙冤身繫囹圄，忍辱度日，偶或臨風懷想，昔時與兄並肩奮鬥情景，惠我實多，不勝唏噓。靜夜思之，輾轉反側。」「劫難加身，痛定思痛，因緣具足，幸得皈依三寶，始覺昨非今是，萬幸悔罪未晚。愚弟重獲自由之日，即重新做人之時，然重生誠非易事，展望前程，誠惶誠恐。盼兄撥冗會晤，知無不言賜教愚弟。」

見鬼，K再咒罵，滿紙文言有如燐火幽靈，他覺得自己像聊齋裡潦倒古廟、為鬼狐所崇的書生。代筆的一定是太子的老賊父母的家臣，一個城府深沉的老太監，傳說年輕時做過情報工作，會議時龜在一角，卻不時一對銳利小眼如血滴子掃遍開會諸人。

那年K考進那橫跨衣食住行娛樂五大產業的八爪章魚集團，前三個月試用期都處在腎上腺大量分泌的狀態，雖然只是太子特助的幕僚群之一。辦公大樓在彼時捷運線尚未開通的荒僻市郊，夷平的瘡痍曠地怒長著海浪般野草。每天開不完的會議，寫不完的企劃，做不完的市調，接待不完的媒體、同業與結盟的異業，半年腰圍增加了兩吋。景觀最好的頂樓闢了一間俱樂部似的交誼廳，瀰漫著咖啡香，杯盤刀叉叮噹響。彷彿夏日平原的閃電，K再也沒聞過、見過如此集中、強烈的費洛蒙，如此眾多的雌性放電，如此放肆、猥褻的雄性目光，在一個空間裡。

像一頭黑熊的太子，南面而王坐在一張獨座的巨大皮沙發裡，蹺腿抖著，斜眼睥睨一屋人，偶爾彈彈養長的小指指甲，其聲錚錚，永遠用幾組數字談投資、開發計畫、創業、IPO，談他老賊父母的黨政人脈。他聽到一個胸部發育不良的女記者與同行前輩討論大氣、霸氣、草莽與白目的區別。當腎上腺不再異常分泌，K開始發覺一切如同一齣精裝大戲，猛然聯想起在南部家鄉小時候愛看大筆油畫的電影招牌。離職前，他清了幾大箱的文件，A4紙列印出的字如同沙漠的沙或是霾害。

其後，新聞揭開了太子一家族縝密計畫掏空數百億資產的醜聞，家族兵分二路，老賊父母遁逃海外，第二代認罪服刑。K追蹤後續新聞如同有了毒癮，他非常悲觀認為又是另一齣後現代還是後設的精裝大戲，埋單其掏空費的看戲者全知道他們演得如此真實又如此虛假，卻每個人得默認這一場大騙局。人們或許哈哈哈記得引渡失敗那次，老賊夫妻登機前滿地打滾哭號以脫身的精采戲碼，但若干年後，時間將大家的記憶風化為齏粉，一場風吹光了，太子家族仍是國界於我何有哉的富豪。

我手抄一位如同瀕臨絕種生物的韓國人寫的一行字給過K，是天真抑或悲憤？是定律還是預言？「世上的所有壞事都是從商人開始的，就像陰險凶猛、長了翅膀的蛇。」我將太子的信還給K，他細心地撕碎，丟進不回收的垃圾桶，把公敵碎屍萬段的心理投射？他害怕的是太子出牢籠以後將是另一場災難的開始。

天使

發自天使之城的國際電話，Y的聲音顯得有些急躁，要我儘快將他寄放在我處的一筆錢匯入他的美金帳戶，最好明天。不需我提問，他大口嘆氣，如唱流行歌，「有些人你永遠不能幫，愈幫愈糟，愈扶愈醉。」時差一小時，大路車流的噪音與空汙噗噗噗的聽來聲色俱厲。關於幫助，不論是實質的挹注或是口惠的幫襯，Y的原則是「寧我助人，不受人助」，那是他的骨氣與本色。或說是四字頭世代的銘刻，信仰「打拚、奮鬥、明天會更好」，但絕不示弱，淪為被助者。

Y的跨國愛情始於上世紀末的亞洲金融風暴，一票酒肉朋友約齊去香江看回歸大典、迎解放軍，大戶友人之前提出警告，近鄰的傻屄國一廂情願相信要接下豔紫荊的金融寶座可要倒大楣了。他自訂旅程獨自西飛，淹沒在夜晚傻樂町的洶湧觀光客人潮裡如同一塊暗礁，過了午夜遇見了阿太，燈影裡漾著瞳仁與鬍青的光澤。兩人坐在台階用破碎的英文聊到天亮，晨光照出街上都是汙水與垃圾。阿太讓Ｙ想到自己少年時，小學四年級就有了膽識經由母親批發魚丸於假日市場叫賣，賺零用錢同時也賺得成就感與快樂，因此能夠慷慨給予就覺得幸福。

不同的是阿太沒有他的幸運，或是缺乏天分（基因問題？）或是基礎訓練如算術太弱（國情不同？），還是價值觀迥異，阿太看似什麼都做其實滿街的觀光客是單一客源，兌換外幣，為旅行社攬散客，代買火車票、訂旅館。金融風暴吹得一國人盡是一身襤褸，臉色鐵青，變性者一頭瀑直長髮隨車當搬運苦力。一星期的假期，Ｙ在人蠅嗡嗡的路邊啜著咖啡冷眼旁觀他一張鈍嘴、眼光不敢直視對方，卻屢敗屢起。家鄉在東北部的窮僻之鄉，他保有著農人在田埂不擇地皆可一屁股坐下的習慣，來到天使城企圖翻身，那年輕的臉空茫對著髒汙的空氣有如浮沉人海，Ｙ生出近乎母愛的豐沛憐惜，無限延伸到他的過去現在未來。

瘋狂的時候，Ｙ一季飛一趟見阿太，甚至是週五追金烏去、週日逐玉兔回，檢視阿太的工作與生活像一本帳冊。能力範圍之內，他傾其所有一再助他創業，一樣無一成功。他嘆氣，太炎熱也太古老、稻米與果樹繁殖力強旺的天使城之國，阿太或是過早揠了的苗。每次離開，他看不到那深潭大眼裡有熱烈或起碼的感激。所有的關係都是力量的蹺蹺板，有平衡也是恐怖平衡。兩人最和諧的時候是去一家布施赤貧人家棺材的小廟拜拜捐錢，龍蛇般高架橋下飛車帶來罡風與落塵，神明之前兩人平等。

有消息傳來，雨季裡，阿太遁入某間以古法按摩技藝聞名的寺廟，剃光了頭，出家一年，故意失聯。Y還是找到了，羽狀複葉的大樹開著火焰一朵朵，醒目剜心，附近有一座歷史悠久的華人義塚，鐵門鏽朽。他繞走不知幾大圈，總共買了四顆椰子，挖那似肥豬肉但美味極了的椰肉吃，直到太陽掉下，整城是下班車潮吐出的烏煙。

等到阿太還俗，兩人重墮之前的輪迴，關於生活與工作、自主與營生的建立，他一個異鄉人努力規劃，本鄉人散漫跟隨，無心實踐。兩人去市郊如同破落戶的酒吧區，屋簷低低，鮮麗塑膠椅擺到路心，大家排排坐，音樂與車喇叭齊鳴，一個如小象的男扮女裝當司儀，大臉淋著油彩，領著一大隊吧台小弟臉抹白粉、穿著過於寬綽的橘色西裝展開選美賽，拍賣色相，一個個天真傻笑。節奏明朗又簡單的音樂讓人樂於返祖，心智歸零。終年炎熱的夜空，與臭氧層的大破洞無關，他恍惚聽到一種恆久的破空之聲。

第二天晨光灰藍色的清早，聽見河水拍岸的清亮，整個平原甦醒前無垠延伸，阿太告訴他，想開一家早餐店。

美麗新世界

索爾貝婁完成於二十世紀中葉的小說《雨王亨德森》，寫一個神似《巨人傳》主人翁與其父的綜合體、頸圍粗達廿二吋的權貴後裔，體露金風般深入非洲以回應一直湧自內心「我要，我要！」確認自我的神祕召喚，進入前現代的部落尋找自我的神話之旅，在參與了祈雨、模仿做一頭獅子的夢幻儀式後，他露餡般道白：「我敢向你發誓，像我這樣的人，在印度有，在中國和南美各國有，世界各地都有。」「我是一個富於精神探索的人。我這一代美國人注定要周遊世界以尋找人生的真諦。」

大哉言，這樣的人，世界各地都有，如同那古老預言，「當鐵鳥在天空飛翔，當鐵馬在大地奔馳之時，藏人將像螞蟻一樣流散世界各地。」是當勞作與土地脫鉤後，人力流動的全球化？而「我要」之自由意志或是發於西方哲學的源頭，或是借用尼采《查拉圖斯特拉如是說》中「人之精神的三種變形」，從駱駝到獅子到孩童，輾轉變化的關鍵在於認識自己的存在為何？又為何存在？我來此世是破空一嘆還是如實一擊？

半個世紀後，短時間內我得知兩個八〇後出生的年輕同行，一位去紐西蘭，一位去加拿大，持的是可以合法打工的旅遊簽證，計畫在一塊陌生的土地上野放一年。他們點醒我，如此跨國界打工遊蕩有其年齡門檻，除了加拿大放寬到卅五歲，一般以卅歲為上限。（雖然動機與性質不同，李維史陀初旅巴西的亞馬遜是廿六歲，布魯斯．查特溫初抵巴塔哥尼亞則已是卅四歲。）若去的是農牧之國，冬天有魚工廠，夏天有奇異果、櫻桃、蘋果、草莓、藍莓、葡萄、蘆筍、番茄、酪梨的蔬果採收（何其田園牧歌式的浪漫？）；若去的國度人口老化，則媒合的是餐館、搬家、工地的勞力。

力有粗輕，工分長短，年輕同行這時的身分本質上已是國際移工，任一政府當然本於人盡其用而精準設定勞力來源的最佳年齡範圍。而天下事垂垂老矣，與其說財富不如說資源的分配更加惡化不均，相對的剝削感與掠奪感更加劇烈，對他們二位及其世代，「我要，我要！」的亙古召喚的首要夢想或是國界弭除、地球平坦，工作與職場當然絕不等同於上班，出走與自我放逐更是美麗且毫不悲情的人生雞湯，因為這是他們深思長考後的抉擇。

七年前在東海岸兩條山脈間雞犬相聞的大學城鎮遇見他們，我試探問過，將來寫作、工作兩相折衝的想像，有人率真答：「上班真討厭，能不上最好。」我看著他尚未有雜質的純潔眼光，再次想到陳映真也曾天真地控訴過：「上班是一個大大的騙局，一點點可笑的生活的保障感，折殺多少才人志士啊。」

我回想自己因為駑鈍順從一般人生的進程加入然而不算長的職場生涯，時時心不在焉，陷在那其實絲毫不可笑的生活保障感與明知自己所要卻踟躕不前的困局，惱怒自己的不能當下徹底，痛恨自己的遲緩，然而儘管牛步地與時間、自己的時間並轡且戰且走，現在回頭張望並盡可能忠實寫下這一系列，雖然不得不反芻那些厭憎可鄙同可悲可愛的，才了解那是無可迴避、不可揀擇的必經過程，我或可模仿《葛萊齊拉》的負心漢說：「我走過了。」內在或精神的探索不必然得搭上鐵鳥去到異國他鄉才算數。我愛佩孔子自述「吾少也賤，故多能鄙事。」希望這不是另一種的阿Q式的精神勝利法。

我也不免自嘲，如此怨毒著書，自苦苦人，是為了抵抗塗銷記憶？還是沒出息的自憐？我真的是對的嗎？或是瞿秋白的無用的「多餘」之見？

我猶豫許久，終究沒能碰觸的是第一份工作的一位同事，失聯多年後聽說他在一次公司海外旅遊的玩樂時光出了意外，全身癱瘓，其後他的人生走向另一條不能回頭的彎路。那確時是另一種折殺。

齊格蒙特．鮑曼在《工作、消費、新窮人》一書引文形容數量稀少的一新族類工作者，「他們沒有工廠、土地，也沒有行政職務。他們的財富隨身而帶，深諳迷宮規律，他們酷愛創造、遊戲和遷移，他們生活在無固定價值標準、對未來無憂無慮、自我中心和享樂主義的社會中。他們把新奇事物當作好消息，不確定因素當作價值，不穩定當作律令，混雜當作豐富。」令人豔羨嚮往極了是吧，卻也懷疑，今世能有如此的烏托邦？在哪裡？

那或是只屬於一％人口的特權？至人無夢。

〇九年的金融風暴後興起的討伐一％、包括「占領華爾街」運動，氣勢無法持續太久，愈來愈討人嫌，住在曼哈坦的老友說了他的觀察，這場運動註定失敗，敗在它根柢是一場人心的考驗，一般人很快就不耐煩，認為這群人就是對體制適應不良的失敗者，自己不檢討為何不能夠取而代之，只會怪罪別人。老友說這話其實非常感慨，在這個占用地球最多資源的國度，非常多的人想到分配正義、社會主義還是一兩百年前的思維，與邪惡共產劃上等號。

小津安二郎一九五六年的電影《早春》，令人訝異這次他鏡頭專注的是一群彼時已從二戰廢墟重生的摩登東京的新興白領，人人穿著白襯衫，一早趕通勤電車，假日結伴郊遊，天雲開闊，不必凝望上帝的窗，而小津屢屢仰望辦公大樓一格格的玻璃窗確實如蜂巢，有著新時代的興旺氣象，也真是一個乾淨的時代。但他讓臥病榻榻米的同事三浦說出臨終之言，「五月的天空淡藍，夢見鯉魚在游，風車聲響起，浮雲飄過」，想起早上尖峰時間趕搭車，然後乘電梯到了七樓，進入辦公室，「我為公司感到自豪，初次見到公司大樓是在畢業旅行，當時正是黃昏，所有的窗亮著燈，對我來說好像到了外國，此後這大樓成為我的夢想。」之後三浦如願收到公司的錄取通知，很開心，馬上去神田買新衣，「當天的事常在我心上。」

那真心的言語可是夢中之夢？雖然那些年的事也常在我心上，我幾絲慚惶對那體制空間沒有餘情，拒絕期望，我毋寧更是個叛逃者（或是曾經大言不慚的臥底者？），自始至終像透過放大鏡看病理切片的觀看一切。唯有在年輕同行給我的電子信讀到這一行，我才覺得看到救贖的光。「我很厭倦辦公室待在電腦前的工作。我有感受到勞動是人類應有的生活方式，那樣才會健康。」

提醒了我古希臘人赫西俄德在《工作與時日》如此寫過：「一個人看到別人因勤勞而致富，因勤於耕耘、栽種而把家事安排得順順當當時，他會因羨慕而變得熱愛工作。鄰居間相互攀比，爭先富裕。」

夏天的合音

條直之人

「日本人有一句話講，ばかしょうじき，你阿公就是。」大姑這樣總結她父親的一生。雖然與民國同歲的祖父過世近卅年，比蔣經國早一年死。有時我不免惘惘地想，活了七十二歲的祖父是否錯過了什麼？

巴加野鹿，我輩熟悉的日語，偶爾也從祖父口中鏗鏘吐出。然而聽到大姑將它與漢字「正直」結合，語言的化學變化，直譯是笨蛋老實人，中文語境的等值詞彙是憨直，台語則是悾直、條直。後者尤其生動，一如條柱，不夠機伶，不能靈活變通。冰山下的潛藏思維，或恐是這文字崇拜的古老東方民族對「老實」的貶刺重於讚譽，其中若有同情與理解，無非認為這樣的人誠實可欺，有一日逮著機會也可以欺他一下，不欺對不起自己。

七八歲或更早，在黃濁燈泡下、紅木眠床上聽大姑與祖母講從前，她通勤讀商校時正是祖父生意失敗、家中最困頓慘澹時，年少的羞恥心讓她午飯時總不敢掀開便當蓋，因為米飯上往往只有幾片菜脯。我聽著激動流下了眼淚。

記憶中的祖父磐石般的溫和，殘留的老照片透露他的心志，年輕的祖父恆是西裝皮鞋與homburg小禮帽，受日本殖民附帶的西潮啟蒙要做個現代紳士吧。同為土象星座，我從未聽過他吹噓、自憐當年勇或敗，愛聽故事的我也從未主動問起。因為是至親，反而更生澀。祖父一直瘦削，即使中年還是為錢所鞭笞，與祖母離家輾轉打工，愁容難免，但我沒見過他有苦相。不同於火象星座的祖母生於地主鄉紳之家，因此愛面子而時有浮誇炫耀，我想，他底子裡銘刻著農業時代的遺緒，無懼生養眾多，喜歡子孫滿堂，熱愛節慶、人情義理與朋友。然而多年後，父親與姑姑叔叔們一起抱怨年少就被貧窮酷戾追打，被迫提早就業，關鍵就在於祖父是個笨蛋的老實人。

少許哽咽之後，大姑說先人無恆產、只知墓碑刻「西河」的祖父幸運學會日文與會計一技之長（被殖民、做順民的利澤？），任職於小鎮大地主也就是祖母娘家的商店，進出東家的機緣，遂與祖母戀愛成婚。大姑強調，祖母的陪嫁有幾大箱的布料；記憶無誤，我記得她講古，赤貧的曾祖母在她嫁入之後才能穿上輕暖的冬衣，撫著衣服，滿足喟嘆著一輩子的第一句好暖。老照片佐證，最早一張全家福，祖父母與襁褓中的父親大姑，嗜穿長衫的她燙卷黑髮下臉如滿月，大眼灼灼，輻射著嬌氣，彷彿一切災厄不可能欺上身。盛年的祖父瘦臉有一抹寧定的笑意。那時他供職於殖民者的會社，即使二戰末期，家中物資吃食豐盛得好像外面是太平世界，有求於他的遠不只是鎮上一幫結拜兄弟。祖母語焉不詳但最輝煌的一則講古，戰敗後日人上司交給祖父一箱（或者更多）鈔票保管，正直的笨蛋分文不貪的信守著，等到交接者來了，繳交回去。爾後橫財的機會不再敲第二次門。祖母有著對財貨的直感，講起這則傳奇如同凝視海底滿載金銀寶物的沉船。

作為他們的孫子、滿月即與他們夫妻睡在那張眠床到十歲的我，以小說之筆要護衛的是，他們就是平凡的一對匹夫匹婦。然而祖父確實明瞭他的家鄉小鎮雖然逃過翻天覆地、玉石俱焚的戰爭之劫，但新舊統治者換手的過渡期，日人的法治與種種體制出現了空洞、斷層，不再一體適用了嗎？他知道庇蔭他事業的一切裂解了嗎？他當然更不知道災難的風暴在他們夫妻前方揮著垂天之翼。

「ばかしょうじき」，啊，我在心中複誦，看著大姑，我希望她對祖父的蓋

棺論定不是恨鐵不成鋼的惱怒，不是夙怨，更多的是包容與理解。

笨蛋老實人

事過多年，祖母講起那讓丈夫一生再無法逆轉或翻身的最大挫敗，仇恨如新，但日據昭和時代的人有他們的人世間清算規則，五鬼搬運走祖父資金的生意合夥人、結拜兄弟早死，祖父前往拈香，熱淚如傾，「人人講澤也實在古意，害伊害得如此悽慘，哭得真有情。」嗜聽收音機講古的祖母敘述往事挹注了情感別有一種魅力。有時受不了我的固執，疼惜勝於責備，她會吐一字如禪語：「悾。」但她不會這樣講祖父，兩人真有爭執了，她怨怒起來，用的是古色古香的「老斬頭」。

現在，大姑到了祖母首次講這故事給我聽的年紀，細節更翔實，有了在會社的人面與知識，祖父跟同宗的結拜兄弟在小鎮開了一間肥料行，店名大同，豆箍是大宗，每天進貨一卡車。生意好的時候，祖父常常在大街有伴著粉味的應酬，有時才六七歲的大姑銜祖母令去叫祖父回家。祖母確信，一歡場女子為祖父生了一女。

生意失敗就是失敗，燒光的是祖父的資金，合夥人卻是毫髮無傷，砌了大厝，過著富裕的生活；祖父這邊債主上門，詈罵汝兒女眾多，賣一兩個來還債。那只是祖父衰運的開始。等大姑自己也是老婦人了，還是怨怪父母生了太多，所謂食指浩繁，總讓我制約地想到祖母掀開米缸、杓子刮著缸底發現無米了的畫面，母子對泣時，傳來八舅公腳踏三輪車的聲音，二叔叫救星來了。之後祖父北上九兄的木塞工廠工作，不熟稔機器卻雞婆去操作（《連環套》霓喜落難洋尼姑庵時，不拿強拿，不動強動，以示不是米蟲；我也聽到祖母氣急敗壞大罵「悾！」），右手五根手指齊根絞斷。這一年，他接近五十了。《荒人手記》寫，「他用他前半生繁華旖旎的色境做成水露」，童年時我每看他拆了潔白的繃帶（潔癖的祖母酷愛漂白），一團肉掌一如小叮噹的手偶爾隨著心脈有幾處肌肉蠕動，尤其大拇指根底的肌塊，夏天很長，厝頂瓦片上的正午太陽有如西北雨，我想他一定三不五時心中追憶檢討也悔恨自己在什麼關鍵點犯了致命錯誤吧。

當時代默默的幾近陰謀般轉換其生產工具、手段、邏輯與結構，後知後覺者尚屬幸運，那些跟不上的、冥頑不覺悟的、誤判形勢的，也就默默當了芻狗吧。祖父失去了右手五根手指，他努力學成後半生以左手寫字、記帳，我保留著他給我的一封信，那乍看稚拙似蝌蚪游移的字，偶爾翻出看看，我不草率憐惜，但願看出他活著時的堅韌。大姑說了他年輕時的一件逸事，一度沉迷黑管還是薩克斯風，有段時日不務正業跟著樂隊環島巡迴演出去（「當時年少春衫薄，騎馬倚斜橋，滿樓紅袖招。」），他的母親寵愛他這獨子，居然不阻攔。難怪一次看電視劇，一男演員拿薩克斯風擺樣子，他興奮指著螢幕笑說手勢錯了。我狐疑著他怎會瞭解。更早的記憶，我亂敲著一架玩具鋼琴，他過來左手彈幾個音符居然成了一段旋律。所謂「曲有誤，周郎顧」，讓我驚奇。

當我來到了祖父失去手指的年紀，我才更深層的瞭解這個土象星座人的種種，內心的曲折與褶縫。

斷指二十多年後，祖父再次帶著祖母北上在一親戚後輩的公司打工，一個假日母親攜我去探望，噴著黑煙的客運車搖晃許久去到彼時台北縣一個潦草的城鎮，炎陽熱氣裡大片水泥色調的工廠，祖父短袖白襯衫西裝褲，曝黑了更顯削瘦，看見我們他非常高興，笑開了嘴裡的金牙一閃，大聲講話，我突然覺得生份。美好幸福的家鄉離我們太遙遠了。

我們四周是那個經濟起飛的時代，除了熱風與創造數字成長的意志，一切單調、粗陋、乾旱，然而他們夫妻倆就在那裡。

大街上的餅店

我一直以為招牌寫著楷體字「五大食品行」的餅店是祖父與父親、二叔聯手打造「竈下爐灰變黃金」的美好家族故事。

不管百年前因為河運庇蔭，小鎮曾經如何繁華輝煌，日本人又曾經如何重視劃為行政重鎮，但到了父親出生時，小鎮昌盛的尾巴僅僅是兩條成丁字型的商業大街。餅店靠近兩條大街的交接處，坐西朝東，離祖母的娘家大厝與新戲園都近，離建於嘉慶年間的媽祖宮遠些，三點成一平面，以我當時的步行速度，從任一點出發，十分鐘的幅員之內，聚集了供應鄰近幾個鄉鎮所有生活必需或者還有一些奢侈品的商店，包括一家散發木料香的棺材店。

餅店新開張在大街，全家活在亮光裡，他們父子三合作關係或者如此，祖父出面貸款，二叔有手藝，長子父親統籌。為了那一台巨大的烤箱，電力公司來厝後豎了一根電線桿，掘地時挖出一條龜殼花，當場摃死，我與童伴棍子挑著蛇屍扔到柏油路上繼續讓車輾。還有一台攪麵粉機，那鋼棍如同孫悟空的金箍棒；攪拌好的麵團就像一隻海龜伏睡在長木桌上，二叔蓋上一條微濕紗布等牠醒。店裡都是玻璃櫥櫃，糖果櫥隔成蜂巢狀一格格，格門如船艙圓窗，我手伸進去抓了滿滿一把。

那確實是全家齊心齊力最興旺的歲月。一上午，二叔開著收音機聽流行歌做麵包，祖父騎著那台穩重、大骨架的老鐵馬（腳踏車，後輪附件一個啤酒瓶狀的電瓶，傾斜了與輪胎摩擦就能供電給車頭燈）去開店，還未出嫁的姑姑們當店員，空閒時在包裝紙上畫流行的衣衫式樣討論。有一家店在大街，好像一座水晶宮在全家每個人心中？奇怪的是愛取名字的父親給了一個簡單響亮的店名，卻在我記憶中從沒有他在店裡的身影。他另有更大的計畫要施展？唯有一次，父親騎鐵馬載著二叔才做好的蛋糕在轉大路的斜坡將蛋糕打翻，他非常懊惱，理由是有個小孩突然衝上來，他閃避扭了車把也就毀了蛋糕。全家人跟著懊惱如此蝕了血本。

愛講往日榮光的祖母講她九個阿兄不是留日就是去了廣東、上海，最疼愛她的六兄曾要帶她一起去日本讀冊，所謂食鹹水，她拒絕，六兄笑她跟孔子公無緣。她眾多兒女有一半遺傳了她，不愛讀書，亦是與孔子公無緣，二叔早早便去台中「一福堂」餅店當學徒，學成歸來為我們的餅店賣力。他愛耍寶，愛乾淨，會吹口琴，寫字乾淨整齊，卻是雷公個性，暴躁。多年後，我稍微理解二叔的怨，他總覺自己是兄弟姊妹中最不得寵愛的一個吧。

小鎮並不需要太新潮的事物，它夾在農村與城市之間，更與前者接壤，商店街因而更像市集，真正的時髦新奇世界的窗口在戲園，邵氏與好萊塢電影一檔接一檔。每家店的格局一樣，長條，後門通向房東的大厝，我就在那些藥店、美髮店、裁縫店、攝相館、附設出租連環圖書的雜貨店自由穿梭如串珠（鐵馬店與文具店則後門緊鎖），但不敢進棺材店一步。

那樣的環境並未能啟蒙或激發我日後成為一個父親嚮往的「甠理也子」（具有成功基因的生意人），我現在知道那時的我以為家裡的餅店將永遠的存在，給中年以後的祖父一個支點，如同槓桿再次撐起他年少的得意流年，而且這一次，時間凍結，他不會老去。那時的我以為他已經夠老了。他左手持湯匙吃飯，看我一副沒食慾的樣子，笑我「是欲做仙？」乾燥的熱天夜晚，整條街亮如白晝，生意清淡時他左右店家走走聊聊。一次來了個日本少婦買餅，祖父以流利日文與之交談，之後稍稍得意的說只有「樹奶糊（口香糖）」這個外來語不會講。

寒天時我偶爾在店裡逗留太晚，遂等到祖父關了店門，載我回傍著大片雜糧田的舊厝，大廳的壁鐘鐘擺沉沉搖晃著蒼老的聲音。我坐在腳踏車的橫槓上，祖父殘了右手還是騎得很穩，隱約是夜露還是霧氣迎面一陣陣涼颯，媽祖宮旁賣杏仁茶的氤氳著香氣誘人飢餓感，夜裡行動的人寥寥無幾，整個小鎮確實已經睡著了，我一心期待著腳踏車煞車吱的一聲，到家了。

餅店之夏

粵語將藍調雅譯為怨曲。終其一生，父親怨惱祖父母，他們父子情義之中皺褶著無言的尷尬與緊張。家境催迫，提早熟成，恐怕父親很年輕時就了解祖父那令人扼腕、「捶心肝」的笨蛋老實人性格，是以如同《聖經》的訓誡，他毅然快快離開父母與家鄉。然而宮崎駿動漫有一幕，落單的小孩大頭大臉對著前方飛奔而去的親人身影連同日影，心急大喊：「巴加！」總讓我內心一顫。

那是我在大街餅店的最後一個夏天，如常夏天很早開始，很晚結束。年初寒冽的一天，祖父帶我上八卦山參加食品同業公會的春酒聯誼，細雨中枝頭爆著花苞，圓桌酒席間穿梭人影清脆地嗑瓜子，突然全部湧向前方，一身西裝的祖父在人圈外圍努力踮腳伸長脖子。原來有脫衣舞表演。之前年底，二叔做了一棟華麗的西式餅乾屋擺在櫥窗裡直到過了聖誕節，愚儉的祖母一再說，討債

（浪費），不能賣亦不能食。

每天午市之後，日頭停在天頂正中，整個小鎮開始恍神打瞌睡。店面後隔出一個狹窄的房間，放一張床，堆疊著紙箱鐵桶；後門那僅容一大人旋身空間，關上便是洗澡處，一不小心香皂就滑進排水溝。我們祖孫三人以店為家，溽暑，我在半夜熱醒，看著電風扇將蚊帳吹扁掀高，祖父習慣的側臥睡姿，那殘手壓在鬢邊。那幾年是青少棒熱，我湊熱鬧要祖父也叫醒我，到隔壁藥房一起看越洋轉播球賽，但我看到的是烏沉沉夜裡冒出來騎著鐵馬下田去的農夫，好奇駐足看了一會兒電視，便咔啦咔啦踩著踏板又融入暗黑裡。

我不能明瞭的是餅店為什麼成了只是祖父母在看顧？一開始全家齊心齊力、每天如同過年過節的歡樂氣氛似乎沒有了。長我頂多六七歲的學徒潛入二叔房間偷錢，脾氣暴炭的二叔打得他臉腫如麵龜，燈泡下大家異常沉默。父親始終不出現，母親短暫回來，憎我只是玩耍，罰我跪在店後頭，沒多久她也不見了；姑姑們或忙著出嫁或上學或學父親遠走高飛。其實也沒有不好，我繼續完完整整的擁有他們，只是熱天太長太久，尤其下午，賣鹹甜兩種碗粿的推車經過，車把吊著一鉛桶洗碗筷的水，晃盪著一路滴水。祖父戴著老花眼鏡桌子上打算盤整理帳本。

當然必須等到多年後我才明瞭餅店是祖父力圖經商翻身的最後一擊，而銀行借貸的償還與處理必然加深了父親對他的不諒解。生養眾多，卻不必然有能力一一庇蔭、栽培，我想他們父子彼此的怨懨不可謂不深刻。我整個童年，祖父是個狂熱的愛國獎券購買者，小鎮每個賣獎券的每一期準時來找他，一疊疊厚厚長長以鐵夾夾著，色彩繽紛，背包裡更有好幾疊，好像自許情聖者對世上女子的甜蜜諾言。其中一位能講幾句流利日語。我每看著他尖著嘴，沒有右手的前肢按著，菸燻黃的左手專注挑選，心中總有種奇異之感。那一疊疊獎券好像一個漩渦夢境，其實是個殘酷黑洞，吸引他窺探、身陷。家中無人敢說破，別買了，你沒那個命。開獎日，彩券成了廢紙，給我當摺紙玩。祖父這個癖好給了我最好的教訓，勞與獲理所當然成正比，不可相信世上有橫財，起碼不會飛來我身上。

小鎮的夏天無有盡頭。有一天祖母發現日前一筆生意找錯錢了或看錯標價，是鎮公所的人來買禮盒，她與祖父商量，決定去追討。在他們甚至父親一輩也是，有些事女性出頭比較容易解決。因此這天午後，祖母撐起了洋傘出發，奇怪她沒有問我、我也沒有要跟的意思。我看著她走向大街另一頭，街心是每一天都一樣的日頭。我突然悟到小鎮確實很小。我與祖父守著餅店，無生意，對過一面紅磚矮牆，牆下一條水溝，柴屐店的小孩有時就跨在溝上放屎。

那是民國五〇年代末、六〇年代初的鄉鎮，夏日時光無限延展，祖父的經商營生美夢就要走到尾聲，如同我與他們夫妻一同的時日也就要結束，吸收大量日光的雞冠花像一團毛線，厝瓦冒著熱氣，壁上的鐘滴答滴答，時間慷慨的寬限其實已經到底了。

家春秋

敘述了他家族長輩的故事，L不敢相信我的回應，同一島國居然有如此相似的人與事。因此我們可以大膽推論，這是家庭之為磁場、劇場，人性與情感之為陰陽兩極，必然相吸或互斥的（惡性還是良性）循環？

長輩從小聰慧過人，小鄉鎮不世出的天才，更有膽識拒絕嚴厲的父親期望的生涯規畫，所謂「賣冰第一，醫生第二」的鯤島俗諺，大學聯考放榜，父親收到錄取通知，抓了棍子額頭爆青筋追打吼叫，欲做牛免驚無犁可拖，「汝孽子讀啥農學院？」長輩一生唯一的妥協是接受了父母安排的婚姻，雖然有了幾個兒女，但夫妻關係疏離。

那些年移民美加流行潮流裡，長輩不彈同調去了南美洲，經營農場，L記得家庭相簿裡那些遙遠國度寄來的照片，藍天下一望無際的草原，放牧的牛群前立著一個灑然卻堅毅的男子。L的父親視長輩為導師，一度相當動心他提議前去南半球一起打拚（其實是投靠？），猶豫許久畢竟因為缺乏足夠的勇氣而放棄。後半生父親酒醉時偶爾笑嘻嘻的遺憾他的未竟之旅，差點擁有的豐乳肥臀女子，或許還有幾個洋娃娃似的混血子女。

長輩晚年鮭魚返回家鄉，有了第二次具有結實感情基礎的婚姻，然而家族遺傳的疾病也逐漸浮現，那是最完美的晚期風格了，老病有賢妻，且衣食住行無虞。但沒有那麼完美的人生，因為疾病作祟而日漸沉默的長輩發現了前妻偷偷轉移、賣掉好幾筆有價證券，自此蔣曉雲式的家庭劇場上演了，幾個親生兒女與他們母親一國或動以恩情或恫嚇要同歸於盡，官司打了數年，蒐證對質過程如同挖糞，長輩最後贏了，但原本就稀薄的親情也折殺盡了。又幾年，長輩老死，死前神智清明的公平分配財產，只是兒女不領情，一起嗆鬥後母，意思是若沒有多妳當分母，我們得到的更多。

春節，L陪母親去探望戰鬥中的遺孀，兩個未亡人膝蓋碰膝蓋對坐，共同懷念長輩的好，檢討他一生最大的敗筆就在對第一任妻孥太過心軟，但「虎毒不食子吶」。長輩妻子比母親年紀輕，乾淨的臉，眼神透露強悍意志力，條理清晰的敘述這家庭劇的每一細節：「我若講一句白賊，予雷公打死。」

中央空調隔絕季節，落地窗玻璃旁L終於奸詐地笑笑說明原委，接到了一個關於生命契約廣告的「阿路拜嘟」，長輩的故事給了他靈感寫出了一個他甚為得意的腳本，當然結局得改成媚俗的大團圓，爭產的兩方於海芋花海前見到父親飽含文藝腔的影像遺言，留下懺悔的真情淚。L要我給點意見。

讓我想想，我答。我能夠將這通俗家庭劇簡化為就是一場遺產戰爭嗎？難道不是？年終歲尾的隔板圈如常又是一陣人事流動，去來的關鍵無非是薪水的增加，因此應景的俏皮話是「只要價碼談好，一切好談」，送別聚餐時離開的人傾倒垃圾般掏盡了共事一場的種種負面情緒，合理化他的跳槽，也供我們留下的苦澀反芻好久。

我想到自己的父親，他一生事業上的良師摯友趕不及見他最後一面，夫妻倆來到骨灰罈前致意，我看著這位長輩坐在椅凳上不發一語，他漸漸眼裡泛滿水光。一生一死，乃見交情。父親臨終前兩週，半夜醒來，拄著枴杖到客廳坐著，大眼瞪視壁上的日曆，問我們確認長輩返台的日期，得知後又恢復沉默，他明瞭那是他無法到達會合的時間點。

千金總要散盡，由他人輪替接手，他們兩人共同的靜默於我才是不朽的金石。

軟飯與神寵

家族故事對於L無異是一個創意發想的元素週期表，或者更像中藥店的整片藥櫥屜，多年累積下來的專業敏感，他自信隨手抓幾味就是討喜且靈驗的組合。

一個早上，L慌慌張張從大樓後門奔跑進來趕著打卡，一頭撞破了兩個搬家工人合力抬著的一片玻璃，像撞碎了一個小型太陽，失神了二十秒醒來，發現自己毫髮無傷。跨進那充滿人工香氛的電梯，噹一聲，他想到兩個姻親足以作為兩個代表人物。

天生叛逆的小姨媽從小被外祖母罵野馬，且被術士算出一身爛桃花，因此當她終於有了第一次婚姻時，家族並不意外那兩鬢鬍髭髭的矮冬瓜男人是個遊手好閒之徒，震驚的是她的言論，時代不同，偶爾換我賺錢養翁婿有啥不對。

人數超過一百的家族耳目網絡陸續證實了男人混賭場，手氣壞極時仍流連著自願跑腿當泊車小弟，手氣好時轉去酒店舞廳散財，一疊鈔票墊桌腳。小姨媽一頭獅鬃蓬髮、一身金衣銀衣牽手出入。很快這對不良夫妻一夕間被黑道追討賭債而離緣，逃亡到台灣頭時，男人打電話給小舅舅借錢，理直氣壯，一萬塊就好，他沒錢付困在小旅館，聽筒裡還傳來一粗野的年輕女聲，小舅媽摔電話，借錢？我一萬塊丟水裡還咚的會應一聲，你要我提肉飼虎。L存檔這則人渣故事希望百貨業週年慶或者泡麵廣告可以一用。

最讓L念念不忘的是某一表姑丈，來自不毛的西濱小鎮，土地閃著海鹽的結晶，祖輩有人餓到失明，他一路苦讀到研究所，大二通過普考，預官役後進入獨占事業的國營企業，但始終不敢忘記貧窮的滋味，那是綿亙數代最大的敵人，也是最強的驅動力。家族當然普遍喜歡這上進、雖然甚為慳吝的表姑丈，最戲謔的但稍嫌誇張的傳說是他收了一紙箱的舊鞋，留給兒女日後長大穿，一年兩三次拿出拭淨通風以免霉爛，簷下擺了一地。外祖母笑著護衛他，勤儉上好。訕笑聲中，島國進入貨幣太過豐盛成為亂流的瘋狂時代，表姑丈看清方向，以六年商學院訓練加上無數日夜鑽研的萬全準備，投身股市。遠在股票機、手機成為必備之前的古老歲月，他靈敏嗅出這是一場馬拉松賭局，業餘、玩票者必死，必須像遠古鑄劍的那對夫婦全身投進洪爐才能有所成就。因此他辭去國營事業的金飯碗，在一場又一場的盤整酷殺戰役存活下來，如同馬奎斯小說那可敬的將軍，他說他的年齡要比同代者起碼多一倍，他精神與心靈的疲累與創傷，每一道得算一年。家族不能瞭解的是有幾年時間他神祕消失，據說是因為牽涉某一樁沒有曝光的龐大內線交易而為黑道追殺所以隱遁逃亡，表姑媽大無畏的一人住一棟透天厝，如常素淨的上下班當公務員，臉上沒有一絲憂色。

島國古典的金錢瘋狂年代結束，昔日狂飆的人現出了底蘊，L聽說表姑丈的神奇遭遇與最新情況，他向幾個人問路，還是迷途了半小時，才找到擠在老舊公寓群落中的水泥油漆廟寺，神壇旁邊是一面閃跑著股票數字的電視螢幕。窩在樹根裁刨而成的泡茶大桌後，則是一個兩眼精光如探照燈、脖子鵝頸細長的歐吉桑，警戒地迎視著L，下一瞬間因為認出了而和藹笑了。在那相逢時無數記憶碎片湧上的時光廊道，L母親嘻嘻笑說，幫信徒解盤買賣股票的廟公啦，膨風講家已是善財童子下凡。

L說非常希望一生中能有一次走走人渣姨丈或者表姑丈的道路。

父親的白襯衫

HBO影集《六呎風雲》第一季有一集是這樣的劇情，經營祖傳殯葬館的父親車禍死亡後，長子發現了帳簿有幾處蹊蹺，追查出父親生前以物易物般不收喪葬費而改換譬如每月一包的大麻、一家隱藏餐館後的小房間的使用權。關著塵埃、酒氣煙霧的爛房間，散亂著黑膠唱片、撲克牌、酒杯菸蒂，玻璃窗如昏霧，不定期的父親得以暫時抛開家業與屍體，來此與一屋老嬉皮、重型機車族，或者召妓放浪另一種即興人生，醇酒婦人與朋友共，不事生產。長子無限同情地理解父親在那借來的空間與時間裡自欺欺人，因此想像的父親也可能是一身西裝如同落魄的偵探。

我想我從未真正了解自己的父親。

太早察覺他的父親、我的祖父骨子裡重視儀表、耽美且不免過於溫良的「笨蛋老實人」個性，因而受其連累太早嘗到貧困的滋味，我忖測他一生警覺著不可以走上相同的道路，甚至是催促自己提早熟成，闢如祖父母當年希望他投考有鐵飯碗保證的師專，他堅拒不從。

家庭相簿有一張父親與祖母立在老家或她娘家花園，一臉肅然，但母子的五官神似，彼時他年紀不會超過我出生之年，白襯衫左口袋插著鋼筆。白襯衫是他貫徹一生的衣著，儘管母親嘀咕領子易沾油垢、最是難洗，刷洗起毛了破綻了就扔棄又嫌可惜。我以為白襯衫於他必定是某種象徵、某種心理錯綜，代表某一階層，某種氛圍，他心嚮往之，也定為目標奮力前進。

昔年島國上下一體齊心齊力創造經濟奇蹟，財經雜誌啦啦隊為中小企業加油打氣，讓人讀得心熱，我記得父親前半生屢敗屢起的創業畫面，總是身著白襯衫。他辭退了一個做事潦草的商專女生，她來電話啼哭著問原因，之後他們幾個合夥人圍坐一張辦公桌幾分尷尬的議論著。客廳堆著半人高的塑膠墊，散發著刺鼻的化學味道，他與外祖父慎重商議著什麼；狹窄的甬道通到後面廚房，擺著一台裁切機器，操作起來地為之震動，他挺直背張大眼審視手中物件。

他有著土象星座人一絲不苟的認真。我喜歡看他寫鋼筆字，落筆前凌空預習筆畫，寫出一手趙孟頫風格的字。小學時每發新課本一疊，我龜毛以月曆紙包好書衣，請他在封面寫上課目。我欣羨他寫自己名字，尤其是「水」，行草如蘭草芽瓣。基因不騙人，他的字顯示內裡某一部分是完整繼承了他的父親。

坎坷繞了一大圈，中年時他做成功了種香菇的生意，半農半商的身分，但他仍舊改不了穿白襯衫的習慣，寒天時加一件夾克。那時他有餘裕迷上種蘭花與喝威士忌，第一代雷射影碟機上市，他也買了，收集美空雲雀的歷年演場會，與好友戲言「我家的日本婆也」，歡迎來一起欣賞。

物質匱乏時代成長的人，儉樸，節制，內斂，如同祖父從不曾膨風他年少時的風流逸事，父親從不曾提過他經商一路的挫敗，多言即是為一己心虛、怯弱而辯吧。或者他早看穿我缺乏務實細胞，只因我是他的創造，他樂於當個無有怨尤的供給者，且包容我視職場如無物。至今唯有一次他來我夢中，白襯衫，臉色酡紅是醉顏，彷彿回轉到他的二三十歲。我們置身彷如一個商場，卻到處是空蕩蕩的玻璃櫥窗，我感覺他一如蟬蛻的輕鬆。

兩個父親的台北城

民國六〇年代初期，父親在台北城居留、奮鬥了四年，做了幾樁生意之後，終告黯然敗走，一人先行轉去中部。他消失之前的某個深夜還是清早，我在睡夢中聽見九妗婆借酒意上門大聲理論，代替九舅公來向父親索討一筆原本是合資然而蝕本了就成了借債。

那或是台北水城的最後時光，我們租屋在興建中的佳佳保齡球館對面巷弄，巷底一窪死水塘，還有幾株姑婆芋。它原本可能接著是一窪大水塘或水田填死了變為荒地，每天黃昏極目有毛絨絨的紅黃落日，蕭條蒼涼。父親掏出紙鈔要我去幫他買啤酒，對門一排即將完工卻突然停工的兩層樓連棟住屋黑沉沉足以吞噬人。他壯年增生的、我無從了解的鬱悶與夜裡盲人按摩悽愴慌空的笛音重疊，每天晚飯佐一瓶台灣啤酒是他「心涼脾肚開」的豪奢享受吧。有一週祖父母突然來了，寄住在同一條巷子二樓的大姑家，母女一大早裝扮整齊前去八里拜一座據說非常靈驗的廟寺（義賊廖添丁？），祈求財運。父親非常厭憎如此作為，他一生信念，錢財是血汗拚搏來的，向一座柴頭偶也燒香磕頭便可求得，荒謬，無骨氣。

一覺醒來，搬了家，而父親不在了，接手來的是外祖父一家、五叔公一家，更有延伸的戚誼若干，一掛一掛粽子般來去，混居在不到三十坪的公寓租屋，兩層鐵床如通鋪，圍上草履蟲圖案的布簾，床前一堆拖鞋，睡前他們不改鄉居在三合院埕內大嗓門開講的習慣，彷彿一班隆隆響著、不知開往何處的時代夜行列車。

是技術與生財器械方便在姻親關係中轉移吧，外祖父也開了一家麵包店，形同貨櫃的烤爐便是鄉下家裡的那一座，睹物思人，我想像龐然大物的它是如何從小鎮搬運上台北城，懷念短暫的冬天裡它散發的熱力。沒多久，麵包店轉型為小吃店，賣滷肉飯、湯麵、餛飩、肉粽，父親每隔一段時日匆匆回來，似乎我還來不及與他說話，早晨醒來他又離去了。

生意既定，親戚四散各尋生路，母親隨外祖父一家租了菜市場旁的兩層樓木造違建，二樓其實是不及成人高的閣樓，樓梯外不知為何有個如武俠片的暗道。那時的台北城違建蔓延如黴菌，菜市場嗝出蔬果腐味、魚腥、雞鴨屎臭，火燒似的黃昏有鴿子啪啪群飛。

印象中父親與外祖父交談比起與我深深思念的祖父更為契合、更有一份男性的情誼。同理，我懷疑外祖父對他是否比對舅舅更包容、更有疼惜之心，共同商量過什麼賺錢大計，然而時也命也終究無成。

我小心地與外祖父母保持距離，始終無法親近，必然在我意識裡有一條簡單公式，親近他們就是背叛、削減了對家鄉祖父母的感情。我用著外來者的眼睛看外祖父，漫長的暑天下午，他打開大冰櫥，取出一塊豆腐，淋上醬油，灑上柴魚片花，烏唇大嘴一大匙吃將起來。他懂得享樂，肯花錢，愛美食與時新器物，假日帶著一群孫兒女去松山機場看飛機、遊草山，轉到北投洗溫泉，大頭大眼，身量若銅錘，講話重低音，不怒自威。他更是極有權威的一家之長，有他在，即使已經五個兒女的舅舅也隱逸無光。他嫌自己唯一的男孫過於軟弱，亦從不假以慈色。

我其實怕他。我相信當年從中部率領一家遷居台北城從頭開始是外祖父一人的決定。

一如當年決定北上一闖，不相信「人兩腳，錢四腳」而相信有一番事業美夢在前方的是父親一人的決定。

小吃店的共同點永遠是工時長、瑣事繁，打烊後的準備事項更多更雜，一日一日重複著。我與舅舅的兒女們假日以剝一大鋁盆的白煮蛋蛋殼為樂，偶爾被叫喚支援洗碗，各自想法逃遁。那個盛夏，我童年的終結，台北城炎熱得柏油路軟綿綿，黏住塑膠拖鞋，我們的探險疆界無法再推得更遠了，局限於建國南北路的荒地，周遭的眷村在拆除，堆棧著水泥與木材廢料、野草廢土，有一處資源回收場，讓我們發狂於撿拾破銅爛鐵換取幾個硬幣。潦草且漫長的黃昏，我望向地平線，幼稚地發誓有一天要去到那裡。

父親又一次匆匆回來，我們火速搬到對街的樓房（那兩年搬遷範圍始終在方圓幾百公尺內，因為預算、時間上的經濟），對於一直奮鬥著要擺脫貧窮的他必定惱怒我們租屋住在違建。我第一次大膽要求他買一本辭典，他臉上不豫，還是帶我上一家磨石子地光亮的文具店買了，我每逐頁翻著自學生字，心中總浮現他的難色。

大同水上樂園開張前，外祖父得知，嗅出商機，立決兵分二路與一親戚合夥在樂園大門對面再開一家餐飲店。大人期期以為一條金光大道就此展開了，畢竟疲累奔波兩地，蒙昧的第三代只會興奮有了絕佳新天地可玩耍。

前去樂園得在萬華轉車，客運、公車的烏煙裡，擁擠者太多的人、過度的貨物與太吵雜的聲音、太明豔的色彩，我懷念祖母的美感，能簡能減能斂才能骨秀、神秀。據說有著全台第一座人造波浪泳池的樂園所在，有機會先來探險一段時日的表弟妹發現圍牆一處傍著一棵龍眼樹，正好攀爬免費入園。太陽下，滿滿來玩樂消費的遊人。牆邊是農家老厝與泥土路徑，更有大片簡陋砌建的屋舍簇群，非常粗糙不文的異鄉，唯有夠堅韌夠強悍者得以存活。新小吃店生意興旺，午餐尖峰時段人潮如浪潮湧進，我手捧一碗熱湯，遭客人一擠碰，燙傷一整手掌。母親也在隔了十年後再懷孕，我看著她肚子大了起來，感覺異樣陌生。在中部山區，父親轉業似乎有了不錯的開始，聖誕節長假，他特地帶我們全家南下一遊溪頭，他工作地旁一條冬天荒枯遍河床的累累石頭，走近水邊才發現僅剩的河水猶然湍急。

秋冬某日，表姊慌張地跑來叫醒還在睡覺的母親，「阿公死了！」我記得母親下床時尖挺的腹肚，西曬的窗戶明亮。據說外祖父那一早如常起來開店門，喝了一口的牛奶瓶放在桌上，心肌梗塞遽然將他擊斃，他用以打拚、奮鬥的店正面對著樂園。

我木木的看著母親獨自哭泣，外祖父出殯她因是孕婦或其他我不了解的理由，並沒有返回家鄉參加。我暗自想，合乎情理嗎？黃昏之後，城市巷弄上空還是有它的光亮。

外祖父的死亡其實宣告的是兩個父親、兩個一家之長、兩個供養者闖赴一個新興城市自求生計的結束，多年後我臆測，父親應是拒絕了外祖父賣吃食賣勞力的合夥提議，無關行業貴賤，那不是父親所擅長，在他盛年的時間，他還有餘裕可以揀擇，那是他的傲骨與硬頸。

那個七月的早晨，父親領著兩輛貨車裝載著我們全部家當，我幫忙提著一支水銀膽熱水壺給初生的小弟路上泡牛奶用，車輪轉動，告別了那年代的台北城。

遙遠的長夏

翻出紅色塑膠皮封面氧化了的小學畢業紀念冊，若真要按通訊錄尋找這樣的地址：「松江路123巷17號」，必然會如武陵人重尋桃花源，因為原址成了一小塊圍植綠樹、鋪著塑膠墊的巃嵷公園，太陽荒荒。

四十年前的該地臨街巷一角是外祖父的麵包店與小吃店，五叔公的大兒子、我喚作阿舅接下一早的時段賣早點，購置了一台磨豆機器，肯定有原住民血統的他瞪著晶亮大眼，開業前試做了幾日夜，我們小孩興奮如過年，圍觀溝槽流著雪白漿液。阿舅不滿意，暴躁地喊豆子發得不夠，「啞巴了，變啞巴了！」一日等到午夜，一屋子飄著濃郁溫暖的豆漿香氣，全家試喝得滿頭大汗，好簡單的幸福。

巷口的壓克力箱店招在夜晚非常明亮，外祖父雙臂抱在胸前，兩腳分開比肩寬，立在光亮裡若一座鐵塔，因為烏黑而顯得匈重的嘴唇緊閉。我從柏油路上撿起一張遺落的學生大頭照，偷看他或者思考他的店生意何去何從吧，短短數百公尺的街上就有兩家同業老店，街坊情義猶重的年代，怎樣讓他們喜新厭舊呢？他也或者在默默計數供需基本面，是否足以支撐不蝕本進而有盈利立足下去。（巴爾札克：「世上只有野蠻人、農夫、和外鄉人才會徹底把自己的事情考慮周詳。」）我依稀聽過他年輕時在家鄉做過麥芽糖生意，想必是日據時代縱橫台灣的製糖產業的下游。

多年後在林強「向前行」的歌聲裡，我聽著心裡發熱，想到那些年趕上前進台北城淘金熱的外祖父與父親，父親雖是陀螺多磨畢竟轉進了另尋生路，外祖父算是出師未捷身先死還是當了時代的砲灰？亮如白晝的店裡來了一群早一步北上移居、外祖父母的親戚晚輩，空氣裡都是血濃於水的宗族熱情鄉音話語，一個矮壯的表舅或姨丈，穿一條嶄新筆挺白長褲，我驚詫除了影視明星真有人這麼穿。

城鄉差異於我是在磨石子地上看影集《神仙家庭》、《太空仙女戀》、《妙賊》（外祖父店裡看的是《西螺七崁》），是白皙的臉與手腳，是名字取做翁必揚、朱征界、潘琛、賀美美的台北同學；我跟著到弟弟同學家，在全是他們兄弟空間的敞淨三樓，看一少年持剪刀將一條牛仔褲犀利剪成了短褲。

早在母親懷孕前，夏天開始了，五叔公一家分租了青苔煉瓦人家一如溫州街的美麗屋舍，我在街這岸看外祖父的店，時光如油潑在水上，我總覺那不是我的家，遂轉身在棋盤式巷道裡走著恆常有異鄉之感，聽到口琴同好每週一次集會演奏出悠揚樂音，嚮往極了，模糊覺得有一技之長便可闖天涯去。

我一人爬上頂樓擺著幾盆麒麟木的水塔上，看見南京東路的煙塵，看見弟弟跟一群童伴在巷子裡玩克難棒球，看見巷口那家以古法手工製作的棉被店，那彈棉花的弦聲沉沉如夜深沉好聽極了。我看見母親挺著大肚子的身影在店裡幫忙，應是收拾殘局吧，主人既已成了亡者，那店也只有凋零了。在店裡幫忙的一位遠房親戚說，半夜她聽見外祖父回來了，廚房裡打開櫥櫃拿碗筷。

我惶惑卻無人可問。只等著很遠的樓頂有個人影點子出現，幻術一般他放出一群鴿子啪啦啦在低矮的天空飛梭，我想到家鄉的二叔也養過鴿子，厝頂搭過鴿舍，似乎聽到咕嚕嚕的鴿語。父親遲遲不回來，我掙扎著應該有什麼感覺才是對的，高空有風。就像祖父母，遲遲不回來的父親在很遠的遠方。

阿姨

至今我仍然清晰記得她的臉，男相，而非苦相，肅然認命，嘴巴緊閉，卻又一種不自覺的堅韌之氣。

她來找母親幫她寫信給獄中坐監的丈夫。她是母親唯一的嫂嫂的（堂？）姊妹，母親的親屬單位用語更精準，「叔伯姊妹」，因而我得隨舅舅的兒女喊阿姨。雖是姻親但不可能一時就親切了，但我感受到她渾身的家鄉氣與泥土味。

那個島國軟硬體、個人手法與知識粗糙但誠意正心、拚經濟的年代，因為票據法而妻代夫罪入監服刑，或遭通緝逃亡的故事時有所聞。阿姨就是其中之一。確實故事必然比我那年紀所能理解的更悲慘。她隻身（離鄉、骨肉分離？）來到大姑家幫傭，晚飯後空檔走到同一條巷子只隔數戶的我家按門鈴，低頭坐在圓凳上，母親拿出紙筆使用父親的桌子筆錄。她講話的腔調帶著少許的海口腔，有些字到了句尾特別軟而餘韻迴繞。她平靜敘述，從不哭腔或流淚。母親也是形同應試寫考卷的正經。並不全然是相濡以沫的同性情誼或只是同情，母親與大姑心底是敬佩她的。

我們租屋的巷子地勢低，每逢大雨浴室馬桶的糞水如漲潮倒灌，然而另一間臥房分租給父親的一位朋友與他的情婦，兩個女兒分別小我一歲、三歲，卻苦無戶口而不能上學，每早看我與弟弟背起書包羨慕得眼紅哭聲。我也得叫情婦阿姨，她常時梳著貴婦頭、化妝，語調柔媚，與母親分爨煮食時彼此的小心翼翼卻總讓我惴惴不安。多年後我還是不解盛年的兩對夫妻如何隔著薄薄三夾板而生活，就為了分攤房租？一天我似聞到屋內浮著不安氣氛，從我與弟弟的兩層鐵床上一探頭，驚見隔房如颶風過後，所有家具盡成了瓦礫堆。兩人前日發生劇烈爭吵，情婦自此如煙消逝。

隔壁鄰居一串五個小孩，他們天真得近乎可恥、總是笑嘻嘻的母親似乎又懷孕了，一身彷彿睡衣褲到處遊走，五個小孩放牛吃草，週末週日我跟著老大老二漫遊探險當野孩子，大膽的老二隨機拿取人家門口的派送牛奶喝了，爬牆進入無人空屋，無一物可搜刮便窮極無聊摘取吊燈的仿水晶墜子當飛鏢。一個昏黑得景物起毛邊的傍晚，我們在一排空屋二樓爬竄訓練自己當飛賊，任何一扇門窗望出去永遠是另一扇門窗裡的虛空，讓我心裡空慌。

隨後某個這樣的傍晚，我與弟弟懷著歹念來到大姑家偷錢，一進入主臥就給阿姨甕中捉鱉，隨即前去向父親母親舉發。當晚家法罰跪，我在懊悔的淚眼中看她坐在一旁如同法官或證人。

四十年後，大姑以結果論的感慨語氣告訴我，阿姨苦盡甘來行老運享福了，兩個兒子在大陸東南沿海開工廠賺大錢了，兩兄弟真友孝，砌大厝開賓士。我想到的卻是搬離台北城的暑假，我在開學前一人北上補辦未遂的轉校手續，重回舊居的街道，其實離開不過兩個月，一切變得非常陌生，見不到任一個昔時玩伴。我看著街對岸外祖父的店依然在，原狀留存，物在人亡，而店裡正忙碌著的是阿姨，還是一身黑灰，不曾鬆懈的堅硬臉色。我驚訝著卻未能如同外祖父的親族好像被磁石所吸踏入店裡問安打招呼，繼續快步走向街盡頭那所我討厭的學校，短街兩旁的景物如流光，時間如流水，確實沒有一人能夠踏足同樣的河水兩次。

舊厝歲月

多年前，舊厝就已經屍骨無存了。它遠不是祖母引以為傲起碼瓜瓞綿綿三代、縱深的大厝，連三合院都算不上。「型的配置，直豎的那二房一廳是六年前為父母成婚而擴建；房的衍生，墓碑上恆是有字如此呼應：「陽世□大房子孫」。新房坐東朝西，每天的西照日如同一座滿滿的穀倉，飽實的穀粒沙沙流溢，稻芒刺癢。但是門口埕從不曝稻，三伏天曝棉被，祖母闢了一大區塊種花栽果樹；如毛線織就的雞冠花，傲骨直立的孤挺花，春夏落果腐爛得一地黑沃的楊桃，一棵我仰望許多年就是不孕的人心果。唯有壁虎，從那爿舊房游移過來新房，昏暗夜裡一樣叫得嘎嘎噠噠響。

光廳暗房，台閩人的觀念。舊房坐北朝南，偏晦暗，有一個夏天午後，大我十歲的四姑帶我遊蕩到小鎮邊界，糖廠小火車廢棄的鐵軌兩旁姑婆芋海，回家晚了，惹惱祖父母，四姑龜縮竹床上，藏進薄被裡，祖母罵她野馬，揮著一長節竹片啪啪箭，彷彿黑白片的房間裡跳動著粗顆粒殘影。果然，日後這匹野跑得最遠。

無恆產者無恆心，舊厝的土地承租自公所，上溯日據時的街役場，不啻是中部一個小鄉鎮千家萬戶的一個抽樣。生為長子也是長孫的我始終好奇但不發問（台閩人道德訓誡之一，囝也人有耳無喙）的疑問有三：祖父母同姓？家中不務農作穡？祖上自何處來？

祖父溫良，結拜兄弟一掛，走在鎮上唯一的大街，總是不間歇地與人點頭打招呼，屢被他的妻嘲笑若蚼蟻。漫長無聊的白日，我發癡看著牆腳一隻蚼蟻發現了一顆米粒因而急忙逆返去傳達消息，牠昂著觸角與來支援的一長行同族的每一隻摩擦，好快樂。祖父與祖母娘家走得勤，他應是喜歡那一大家族叫「姑丈」的情義，但他自己實則是孤丁，我無緣識得的曾祖父母好早以前就做了顯考妣，粗劣模糊的遺照掛在牆上。透早，還未被晨曦驅散的霧氣裡，祖父起床開廳門，門腳柱在臼裡刮響。祖母起得更早，逕自去竈腳，壓幫浦取水，大竈熊火。

脫農入商，這是我執迷且認為是給祖父、父親一生最好的解釋。那確實是他們戮力一生的志向，只是我未免太少察覺那濃縮簡化的四字表意底下潛藏的曲折。與民國同年誕生的祖父之所以是孤丁、得以不做莊稼漢，正是他的先人連「一分狗屎地」亦無的赤貧吧。好佳哉，在日人殖民下他受了教育啟了蒙，學得一口流利日文，會拍算盤，會彈奏樂器，養成西裝皮鞋帶手帕的習慣，有此配備（他自認為）夠他挺身朝現代的上升之路邁進。

上升之路，道阻且長。我作為一個從物質到身心的飼養照顧完全恬然的接受者，只對舊厝的一切視為理所當然，甚至從不追問祖父是如何失去他的整隻右手掌與五指。牆圍外是一片雜糧田，罕得見種稻，年年暑天總有空氣窒悶非常的夜晚，鬱積在那片田的空曠之上，鼆到氣壓迫到屋簷、鼻尖欲雨的水腥，然而雨就是一滴也不肯下來，突然起熾爁，如同天頂任性地潑灑水銀。床上生了一窩小鼠，二叔一手抄起，走到簷下朝天際一甩。

畢竟是平凡小鄉鎮的一戶尋常人家，父親在精神上全盤繼承無恆產的祖父的重商路線，不屑進入師範體系，他們父子共同的想像正是二千年前的晁錯之憂，「而商賈大者積貯倍息，小者坐列販賣，操其奇贏，日游都市，乘上之急，所賣必倍。」男不耕女不織的世界，是多麼廣闊。雖然生為長子的父親，目睹了沒有生意人天分的祖父慘敗的過程並且身受其害，負債累累，提前切斷他以更高的教育文憑翻身的機會，他還是再接再厲。

暑長寒短的舊厝，厝瓦到了正午，日頭熱爆嗶啵，像極了熱帶第三世界恆有驟雨或禿鷹落下的鐵皮屋頂；祖母得閒哼一支菸，手搖葵扇，嘖嘖嘩熱、真熱。無色焰火的日光燒炙，它渾然不知覺外面的世界、遠方的戰火，一如擱淺在時間大河的汊彎裡。

在父親帶著母親一次又一次離開舊厝與家鄉，且一次比一次背離得更遠、更堅定以貫徹其脫農入商的心志之前，父親試探般用他一己的能力是企圖改變它的意思嗎？包括他用生平第一份全職薪水購了整套的收音機與電唱機，駛入一輛今日的「野狼」猶存其體型的歐兜拜（autobike）、一輛車頭尖鼻狀的三輪小貨車，車停在龍眼樹下，唱片裡梵亞林演奏「詼諧曲」，象徵遙遠另一個地方允諾的幸福。父親豈有神力預知城市裡將有第一次石油危機引發的災難等著他。一個晴天，他做為少年老成的父親騎歐兜拜載我到溪邊釣魚，沿路後退的農作物如綠色煙霧，他恐怕也不知一百年前那圳溝般的溪流曾經莽莽蒼蒼。

在祖父盛年末段與父親盛年初始兩相交集的時日，便是舊厝的黃金歲月。而所謂黃金死亡交叉，其後各自走向盛極而衰所有生物必然的路徑正在慢慢地加快各自的腳程。還沒有來。幸好還沒有來。舊厝，於時間軸的此一座標上安如磐石。

似乎悠長其實短暫的間隔後，我之後，在舊厝受孕的新生命一個個出生。或者，祖父母的女兒們也帶著她們創造的新生命回來短暫作客。舊厝，仍然是一座永遠的磁場。

因此，每一天彷彿是永恆的夏日，我爬到芭樂樹上，選定一個枝椏窩著，南風猛烈，掀動如海浪，一波又一波，日光燒炙的芭樂好澀的野腥，我看著整個安靜的舊厝，光影鮮明，聽見安置著祖先牌位的大廳的壁鐘噹噹噹敲響了。

衣棄

父親不在，滿三年了。

當年與父親自由戀愛的母親，在告別式之後，堅決、快速的找來裝潢師傅將住家翻修了一番，鋪了木地板，換了新窗簾，廚房添了一道毛玻璃拉門，餐桌上方換了一副新燈，牆上掛了一座咕咕鐘。而父親專用的一些日常器物，譬如泡茶的推車、菸灰缸、不求人、電算機、老花眼鏡、瑞士刀，全收藏起來不見了。

母親甚至讓出了她與父親的主臥房予結婚才兩年的弟弟，將自己的房間布置得有如幹練的單身上班族的閨房。

煥然一新的家，父親不在，彷彿理所當然。

客廳裡，一幀黑白遺照立在祖先牌位與日曆旁邊，以前一直都是父親在撕日曆。撕下的昨日紀錄，他鋪在垃圾桶底接納今天的廢棄瑣碎。

不在了的父親，寄給他的廣告信、銀行與基金的帳目明細對帳單卻始終不斷，甚至詐騙集團的電話，一段時日積了一疊在他的位子前面的大理石桌上。晴日的天光與高樓的曠風映照吹拂，一封封盡是物質商品的甜美誘惑、漲跌賺賠的金額，我代替父親拆閱，企圖以死者寂寂的眼光看穿這現世的生猛聒噪，屢屢不成功的反而讓自己內在翻騰著。

仍然強烈意識到那是父親的座位，不願落坐那位置，占據那空間。我好奇的是，父親究竟是去了哪裡？

一個看似太簡單也太困難的問題，讓人羞於啟齒。

古老東方的靈異信仰，召喚名字的神祕力量，那念力與音波傳說可以輻射穿越那不為肉眼所知的空間，心的聲音，天涯咫尺，隔壁房間，一如滿月夜晚，甕裡的水特別甜，飲者自知。

榮格窮古追今，為世人爬梳：「拉丁語中animus（精神）和anima（靈魂）與希臘語anemes（風）是同一個詞，希臘語中『風』的另一種說法pneuma也表示『精神』。同樣的詞在歌特語中我們發現有usanan（呼出），在拉丁語中則是anhelare（喘息）。在古代北德，spiritus sanctus被翻譯為atun（呼吸）。在阿拉伯語中，『風』是rih，rûh是『靈魂、精神』。希臘語psyche與此相似，也與psychein（呼吸）、psychos（冷）、psychros（冷、寒冷）、physa（風箱）有關。這些詞源學上的聯繫清楚的表明，在拉丁語、希臘語、阿拉伯語中，對於靈魂的稱呼是如何與氣流、『精神的冷氣』的想法有關。這或許正是原始觀念之所以把靈魂說成是一種看不見的氣體的緣故。」

那日過午，我目睹父親在他的床上緩緩且孱弱地呼出最後一次鼻息，我堅定心思認識這就是死亡，隨即望向牆壁上的鐘，記住時間。

父親在世時的午晚兩餐，必須有湯，空心菜湯是最常出現的，原因當然是他愛吃，熱天尤其顯得清爽，他喝湯時與日本人吃拉麵一樣的習慣，呼呼颼颼非常響亮。我同桌聽著難免有些尷尬，後來我找到了解釋，他那一代受日本殖民的影響吧。

即便對於存活者，每一天就是一場微小的死亡。看著父親空出的沙發座位，向北的落地窗開向寬闊的台中盆地，輕易灌進涼風；窗戶稍微開大些，風勢轉強，飽飽蘊含著如同自由意志，撲上頭臉，扯著肌膚表皮與毛髮，讓人心思如同紙風車呼呼的旋轉，想，父親在這裡嗎？

頭七一早，母親說天欲光時恍惚之間，一下子聞到了一陣父親的體味。隔了相當時日，母親才又夢見父親穿著汗衫在澆花。

父親有綠手指，在透天厝的舊家，曾經熱衷養過幾年蘭花，投注了許多時間、心力與金錢，品種大朵盛開有如初生赤嬰的首級，置於茶几上、電視機上，正面看去，擺出非常濃烈的性器意象；抽長的蕊絲，又挑釁又英氣。花期一過，父親以剪刀辣手一聲喀嚓，丟進垃圾桶，落花猶似斬首。

我之後恍然大悟，年少時真正嘗過貧窮滋味、被迫過早以勞力證明自己的存在價值的父親，即使有了生活的餘裕與閒情，那艱苦粗礪的底子還是在的，在某些關頭不涉溫吞或溫情。所以面對自己的死亡，關鍵時刻，父親堅決的、不拖泥帶水的撒開大步，放手前去，不嘮叨，不勉強。甚至對母親，也沒有交代多餘的話。

幾個月前，父親終於破例的來到夢中。灰撲撲好空曠的賣場，玻璃櫥櫃稀疏的擺著一雙雙鞋，另有檯子堆著夜市常見鞋幫色彩豔麗的拖鞋；一如入殮時的襯衫領帶西裝，微醺泛紅的臉，腳上穿著一雙藍白塑膠拖鞋，帶著酒意微笑著遊目四顧。顯然，父親想要一雙鞋。

夢中的父親，輕鬆了許多，也年輕了許多。

只是，這樣堅決不再來入夢的父親必然激怒了與他牽手半世紀的母親吧。亡靈與活者之間，如果通往夢的鑰匙是握在前者手中，後者如何能不惱恨？在那茫茫渺渺若假性死亡的夢境，活者等待亡靈，活者被亡靈所監視、垂憐、指引或訕笑，唯有複製清醒時的空中樓閣，等待亡靈的一團呼吸、冷風翩然進入，翻轉時空軸線。

等待、召喚親人復活於我們的夢土上，鳥飛過晴日天空，燐棒擦過火柴盒側邊。

火化之後的某一日，我出外一趟，回來看見門口突然放了兩大袋父親的衣服，母親清理出當廢棄物要扔了。我又惱怒又恐懼，彎下腰戀戀翻檢著，兩手不由得愈挖掘愈深，電光石火間不得不承認母親是對的，我抽出兩件父親常穿的外套，像個賊趁著母親沒看見偷偷再帶進屋內收藏。

外套一個口袋裡有一張父親在最後的病中時日放進的摺疊整齊卻老皺的白色衛生紙。

大城小鎮

門房

暢銷小說《大老婆的故事》破題即是：「曼哈坦，夢想發光的島，在黎明前的黑暗中入睡。它是夢想成真的島，也是夢想膨脹、廢棄，有時淪為噩夢的島。」之後，幸與不幸的故事便在那孵育島上美麗無比天際線的豪宅裡交纏上演。

住在曼哈坦逾十年的P別有洞見，門房，因為職業必須蹲伏仰視的角度，才是真正看清紐約客嘴臉與表裡的人。

在這強悍、世故的世界之都，門房這一職業對不時得擔憂遭資遣、解雇的白領上班族如P，雖然完全符合「謹小慎微」，他們譬如寶藏入口的守門人，而P願意傾聽，試圖瞭解。

P的住處是二戰後建造的地上建物與土地所有權股分化的共營公寓，整棟樓的經營管理也由同一公司負責。他的置產精確說是擁有公寓持股。不只是因為做為訪客，我總不能習慣出入有人如同傭僕俐落地拉開玻璃大門並且問安的階級感。服裝也白領化的門房，出賣的是簡便的勞力（提行李、接送送洗衣物與採購貨物），能否更上層樓提供細膩如忠僕甚至心腹家臣的服務，各憑選擇與聰明了吧。P說，紐約市門房也有工會組織，年薪在五六萬美元，不成文的遊戲規則也是重點則在年底感恩節過後，門房們集體署名送給住戶賀卡，提醒該準備聖誕節紅包了。現金，因而不必繳稅。如果該年景氣好，華爾街牛市封關，水漲船高，紅包之豐盛可想而知，一筆足以用不同材質打造日子的金額。金錢衡量價值，理所當然。

P微覺不安的是他們有如活的監視器。是的，他們若有偵探、犯罪類型小說主人公的敏銳眼睛、博雜知識、歸納解析能力（馬修史卡德客串當門房？），住戶豈不如同活在玻璃櫥裡。因此，P堅持看在眼裡而能守口如瓶才是門房的第一職業道德。

一班七人，P細數哪個混，哪個懶，哪個新進的最努力，他最喜歡的是才卅出頭的賽爾，東歐移民第二代，方頭虎背熊腰，不流於油滑的好口才與高人氣，反應快，能跟各年齡層各行業聊得如水流花開。確實是因為與賽爾幾次閒談，P才悚然悟到這些守在大門口的他們、他者在住戶生活（生命？）裡如同記憶晶片日積月累儲存了素材，只待有心者分析便見底。然而門房看見，不必然同情理解，但或者犬儒或者感慨，人啊人。更或者，他們看守的其實是他們投射的夢。

賽爾的父親則從多年的門房升為領班與技工，地下室有屬於他的一方空間（因而可以隨傳隨到？），一身便服或者提著工具箱常在各樓層巡梭。身為第一代移民也是移工，他告訴P，現在每年年底長假他都回東歐家鄉探親，或者就是一趟趟的衣錦之旅吧。遍曼哈坦到處是這樣非盎格魯撒克遜白人的西方人門房。

我在野鴿飛落地上啄食的晴天上午，看見不當班的賽爾在大門外，一身寬鬆螢光的籃球衣褲，戴運動帽，典型一談起運動賽事就滔滔不絕的老美。P始終不解的是以賽爾的天分條件為何甘於承續父業？如同一切行業，有了父親老鳥引進，入門門檻大幅降低。這難道是職業的今之世襲？或者圖的就是一份安穩？賽爾旁邊是穿著西裝制服偷空來到戶外花壇邊抽菸的另一棟樓的門房。

我想到寫出《時間機器》、女友形容身上有麵包香的威爾斯，據說他的父母便是大戶豪門的管家僕役，他因此永遠不能忘記出身「樓下的」身世之感，微微如跳蚤的騷擾。

公園大道

走出P位於上東城的公寓大門，左轉就是勒克辛大道，前行向西依序是公園大道、廣告（狂）人的麥迪遜大道，再跨越第五大道的車水馬龍，立即進入中央公園。

晴朗乾燥的白日，地鐵出口周遭的勒克辛大道商業興盛，顯得雜亂繽紛，各式連鎖店來插旗，烤披薩的香氣裡，路邊蔓附著近東或中東人的水果攤（藍莓一盒、芒果一個、香蕉四根各美金一元）與黑人擺設的貨攤，是以失去了上東城的矜貴幽靜。P最懊惱的是近年景氣低迷，附近不少老牌餐廳營收難抵租金開銷，紛紛收了。那樣拒絕複製、量產的個性商店一消失永不重生。

雜亂繽紛往西急遽減少，被棋盤式街道所規範的建築簇群典雅內斂，形成不了誇張的天際線，一路上一樓的褐砂石牆壁鑲嵌著銅黃醫生名牌，我從未看過病患出入，邊門後門出入的恆是門房傭人或建築裝潢工人。所謂富者大隱於市。偶或發現一塊解說碑，說明那三四層建築是建造於百年前或十九世紀晚期的古蹟，鑄鐵欄杆內，花草扶疏，奶白木門上伸出一盞古味風燈，時間在此駐留。

P喜歡公園大道，我取笑他是在強力且精密競爭的職場待了二十年養出的「大丈夫（居）當如是也」的心理。沒有人敢否認公園大道絕非暴發戶的富貴逼人，尤其上東城一帶如同保護政策呵護養成純住宅區，隔絕了市囂，確保了品質純度，人行道無有一張廢紙或垃圾、更不見任何遊民流浪漢邊緣人。一百四十呎寬的道路中間的安全島花木綠帶百年前曾是終日噪音嘎嘎與黑煙噴吐的鐵路軌道，而今隨四季節慶栽種布置，甚至擺設藝術雕塑品，仔細看花草間有一塊「公園大道基金會」，上世紀八〇年代開始，市政府再無財力供養這條綠帶，遂由兩旁住戶捐輸自立自營，所謂的市民與社區意識的良好典範。

P點破，以上東城人的精刮世故，哪會不知房地產的保值與周圍環境的魚水關係。所以說穿了還是極古典的「看不見的手」的自利機制。

一個陰潤午後，我往南走到中央車站，現代、後現代風格的商辦高樓一路遮增，天際線是緊張激盪的花腔女高音，街上的人也匆匆無有餘情。我即刻踅回北返。沒有不好，起碼是雙贏局面。

李維史陀一九四一年初履紐約市，他銳眼觀察到當時的「文化結構也像它的城市結構一樣處處都有些空洞，如果你想在這面鏡子後面發現那些引人入勝、近於幻境的天地，那你只要選擇其中一個空洞，然後滑進去就能如願以償了，就像愛麗絲那樣。」他所謂的空洞是否指的是階層、貧富差距、土地商品化的尚未高度發展而結晶化以前的鬆動？夢想得以自由流動於孔洞或縫隙，還沒有完全讓渡給好萊塢夢工廠，質變為其獨家專利。

然而往北的公園大道愈走愈冷清，我看著穿戴盤帽、西裝的門房衝出大門，攙扶一滿頭銀絲、走不動的老太太下車，一顛一顛走回她皇陵般的豪宅裡，自然另有人為她卸載她的外出採購。這裡早就沒有任何引人入勝、近於幻境的天地，去聖邈遠，昔時的「空洞」一個個被填平了，就像P惋惜他住處鄰近的個性小餐館一家家關門停業，就像門房與老太婆住戶之間雖然形體可以如此偎傍，卻是不可能飛躍的天塹。

星沉地底

一九八九初冬的黃昏，我穿著厚重雪衣一路穿過昏茫茫格林威治村來到世貿大樓前的廣場，凍得耳朵發痛的冷空氣中極力仰頭，看著那如同插天的垂直星艦，寒光吹落如星雨，地上的每個人確實渺小如螻蟻。看久了終究失去了真實感，那非人性比例的巨大，寧願當它是幻影吧。

三年後，室友的朋友帶著我們如同土包子觀光客經過幾層警衛上到六、七十層的法律事務所一遊，我們擠到落地窗邊看一城狹長燈火稠密若魚卵，哇哇大叫。原諒我的負面聯想，那是火山岩漿般的煉獄之火，樓牆與樓塊之間的街道如渠，七月半金爐裡金紙花之複瓣燒成焦黑的豔橙火燼。盛極豈止而衰，毀滅吧。再一年，留下來工作的另一友人捎來信息，大樓遇襲，走數十層的樓梯下到一樓疏散，彷若走出鯨魚腹，人人股慄腿軟。所幸，這兩位友人皆在九一一前辭職離開世貿大樓。

而今，九一一紀念館及廣場成為熱門觀光景點，是反恐的延續也為管制人潮，得先上網登記。我混在汗臭與香水味的肉體亂流裡鑽出地鐵站，眼前大工地赫然聳立一把利刃的插天巨樓，通體晶亮，日月於其上溜滑梯。遊人洶湧先去兩街外取入場券，再回溯排隊通過比照登機的安檢，下到兩座南北大水池，警衛嚴禁喧譁嬉鬧，繞池刻著三千多位罹難者姓名包括當日救援者，金字塔經文：「死人活著」於焉成立。是哪個獨裁者說過，死亡人數一旦龐大了，人們只覺是一堆數目字而已。我在行列中搜尋是否有穆斯林，他們敢來嗎？比起死於美軍各式精良砲彈下的穆斯林人數總和，三千亡者是怎樣的數字？

提起下城，尤其蘇荷、百老匯大道一帶，P就一臉嫌惡，痛罵「簡直就是一座大購物商場。」來自世界各地觀光採買消費者如同螞蟻大軍覆蓋此區，沖垮之前至少養了一百年才養出的稀罕的在地人文特質，如此潮騷提著鼓鼓購物袋、囤著一肚子垃圾美食、舔著霜淇淋往下淹至世貿大樓舊址，等綠燈時隨街頭藝人搖擺唱「Call Me Maybe」，十一年前雙子星大樓的啟示錄般的毀滅如同波灣戰爭飛毛腿飛彈的燦爛煙火大秀都是螢幕上的一時奇觀？蘇珊．桑塔格之書《旁觀他人之痛苦》是這個已經無有祕境與空白之地的平坦世界、最平價的嘉年華？

接過街口工讀生派發的洗衣精試用包，我拐進一七八九年喬治．華盛頓總統宣誓就職後來禱告的聖保羅教堂，稀薄林蔭後院即是墓地，不多的百年古墓，碑字風化、生苔得難以卒讀，我草草繞了一圈，讀出躺在泥土下的骨骸不只是神職人員更有一位來曼哈坦闖天下的娛樂業人士。死亡讓眾生平等。教堂內當然也成了觀光客歇腳、上廁所的好所在。

牆上黑白照片有九一一浩劫的各種粉屑碎片飄落覆罩整個教堂及其周邊，厚厚一層如新雪，頂多中年的神父因心中有上帝面對浩劫臉容平和，十一年過去了，挑戰神蹟的新摩天大樓即將完成，古老的教堂沒有更老亦無歲月的損傷，但「昨日的雪而今安在？」這其實是神從未駐足之處，雖然人做了神的事，當雙子星毀滅，唯有人完成他們應該完成的。

小說《蘇菲的抉擇》有文如此，「問：『告訴我，在奧茲維茲（集中營），上帝何在？』答案是：『人何在？』」

西城故事

P網路上買了上西城一家標榜創意菜的小餐館的團購優待券，預定時間半小時前，我橫穿中央公園，銜接百老匯大道上行，天色如蜜，慢慢的暗，路樹疏剪後的枝葉堆在路邊，溜狗人牽著美麗的大狗，老教堂的大門緊閉，因為上帝也要休息。

曼哈坦分東邊西邊、上中下城，對稱儼然，其間星羅著各式風味、個性或地緣特異的群聚，像是巴西原住民卡都衛歐婦人臉頸的花紋圖案，「同中有異，對稱中有不對稱，各種花紋沿著軸線兩邊所呈現的顛倒對映，線條、弧線的角度以及底部的樣式，則儼然起著一種『鏡廳』效果。」（《李維史陀：實驗室裡的詩人》）這張地圖的花樣，是否也如大師所定調，是「人類社會的遊戲、夢幻以及幻想」？

遊戲與夢幻之一，正是P找的這家強調主廚創意與手藝然而滿城皆是的小餐館，曼哈坦的新興潮流，只是一頓晚餐，從選酒、一盤三式特選起司、自製麵包沾上等橄欖油、一盤油炸與醃製海鮮肉品後才是主菜，最後以甜點曲終奏雅，於我只覺過於曠時豪奢。火烤煙燻般焦黑的屋頂下，服務生顫著超過他負荷、大如卡車輪胎的臀部殷勤詢問吃得可好，鮭魚紅的手心與厚唇出奇的溫柔。對美食獨具慧心且有易牙基因的P非常滿意，列入再來的名單上。我偷偷打了個哈欠。

晴日晚上的曼哈坦涼爽宜人，我們向東邊走。前後在上西城居住了五六年，P行走在這邊的城市曠野難免感慨，「再也回不來了。」他第一個上西城住處是西班牙裔大本營，熱天夜晚，巷道、門口階梯散落著黑髮高鼻的拉丁人種，哇哩哇啦的閒聊、抽菸、開著收音機彈吉他，或者兩眼溜溜轉不知動什麼腦筋。P嫌吵雜，換了有一扇中央公園窗景的公寓，趁房價高漲脫手，自此與西城緣盡。

同樣的，再也不是一九六一年電影《西城故事》那象徵移民窟、貧下階層、非美國主流的西城，現今與東城相較概括而言似乎自由（主義）些、素樸些、少些矜貴而多些文教風，但P在這裡的美好時光是他一已於例定假日早上醒來，打掃屋內，送洗衣褲被單，採買糧食，然後與好友去哈德遜河邊的公園無目的漫遊（記得十四年前的電影《電子情書》湯姆漢克斯與梅格萊恩的完美結局的場景）。大河浩蕩，人在四季的循環裡也強壯也軟弱，大雪過後，空曠地上的足跡與半空抖翅的黑色飛鳥；五月第一道撲面令人泫然欲泣的溫暖河風，驟然知道夏天開始了。那都不是幻想。

然而城市發展直言便是土地的蠶食鯨吞，經過了彷彿是懸鈴木的影子，透著慘白的燈光，我們一下不知究竟在東西的那一邊，P愣了一下才認出地點，驚訝那巨大量體的集合住宅拔地而起如蜂巢，遽然改變了昔日的地形，然而入住人口顯然稀少，造成地段出現現代性的荒疏，也就是「遊戲、夢幻以及幻想」的含金量不足，是為城市之惡德。「什麼鬼地方！」

P甚至不願多徘徊，不願回頭想念曾經有一些獨特的社區小店，起司如何好吃，香精蠟燭如何銷魂，老闆如何風趣，即連傾倒垃圾般而來的二手物品如何有意思，他要我加快腳步，堅定他的告別。但活過一百歲的智慧老人、李維史陀早就如此寫下：「世界不伴人類而生，亦必不伴人類而亡。」

中央公園

以我的跑步速度，一出P的公寓大門，直取八十四街，若幸運一路綠燈，約四分鐘即可跑進大都會博物館旁的中央公園。入園路徑左方斜坡似玻璃牆裡，是埃及贈予原是位於尼羅河畔、供奉生殖女神伊西斯的兩千歲Dendur神廟，移植來的雕像、柱式及其花飾語彙依舊美麗無比，然而累累頑石堆裡神早就不在了，讓渡出去成為藝術品。

面積八百四十三英畝的中央公園，最簡便但需要多付出點體力的認識方法是繞著外環道路跑一圈，向北到一百一十街多有溫帶的茁壯大樹，左轉南下，我習慣跑到七十二街往東橫穿聞著馬糞味兒折回原點。通常我不去紀念約翰藍儂小小的沒有草莓的草莓園，地上馬賽克拼貼了「想像」英文字，必然有人獻花、有長髮虯髯客帶頭彈唱，聊以自慰一個不能回溯的年代。

偷懶時我繞著賈桂琳．歐納西斯蓄水池的泥土便道跑，心有旁騖尋找路旁漿果，水中央的噴泉隨風軟倒，環池有幾處岔路引向林間，一回遇見低垂探地的枝葉間駐足著一匹毛色發亮的棕馬。或者一條鑄鐵欄杆的拱型木橋通往濃蔭，林木根部灑著死去的樹木被劈成碎屑當作養料。

P與我皆同意，整座大公園歷經一個半世紀的經營，已經是曼哈坦的一個有機體了，無人能夠想像沒有了中央公園的紐約市，它絕不只是一個城市的綠肺。自由女神像的題詩有「給我那疲憊的、窮苦的，那渴望自由的，那無家可歸的，全部給我」，或更適宜給這一片長方形土地。

它當然也不是野放之地，與科技的進化同步，管理、監控也就精進。P常晚上七八點了獨自穿越幾無人影的大草坪，渾然不覺二十年前傳播的禁忌，天黑後便是毒販與罪犯的淵藪，閒人勿入以免白白送死。與其看那些推著嬰兒車慢跑的幸福的年輕爸爸或媽媽、滑板族、單車族，我更愛看晴日普照的草地上，印度人拿出一條毯子鋪地盤腿其上靜坐，或者一顯然失業未久的但已發出氣味，拖著鼓鼓的行李箱是所有家當，瞇眼享受著他無人收買的自由時間，極目廣廈千萬間卻無他立錐之地，冬天還會遠嗎？或者一對身無長物的情人只是依偎著，靜靜的與日光一同燃燒。他們全是這大城的零餘者。

我自己恐怕更是多餘的。我沒有繼續朝五十九街跑去，太靠近第五大道精華路段因此觀光客特別多。年少時迷惑於《麥田捕手》跟著霍登憂慮那湖上的鴨子哪裡過冬，我而今已經毫不在乎，野鴨的生命力比人強悍多了。經過影視特愛取景的碧絲達噴泉，繞去「愛麗絲夢遊仙境」的雕像，一定有孩童嫩手嫩腳爬上巨大的蘑菇玩耍照相，那被視為最奇麗幻想的童趣，究竟幾人明白一切確實是迷幻藥發作的產物？

不去小城堡（春來四周紅櫻花），不去莎士比亞露天劇場（夏季打地鋪徹夜排隊領取免費門票的長龍真是奇觀），我或者折回大草坪，只為有那一片奢侈的空曠，椅凳上多的是戴墨鏡看書的人，有一位如同奧林匹斯天神的金髮男子，雕像般的完美頭顱與面容。時間不會、從不曾為任何一人駐足，然而那麼好的天氣令人輕飄飄如羽化，濾掉所有雜念綺思，即使有如此一座公園，每一個人終究還是一座孤島。

一粟上班族

在非母語職場當了白領上班族二十年，P共計一身職業傷害有：白內障，肩膀鈣化，不定期失眠與頭痛，到了冬季尤其嚴重的下背痛，更有酗酒傾向。他自嘲有如一件內裡零件破破爛爛的玩（工）具。一段長時間的摸索，他的自我修補術是勤練瑜伽（假日無事可以一天上三節課），每週去華埠針灸、馬殺雞，養護初老的身體如一件古老瓷器。兩年前開始，他甚至逐漸捨棄自己開車上下班，轉乘地鐵、火車與公司接駁車，車上得以小眠養神。

開車到上州公司一個多小時路程，年年秋來沿途樹葉連雲變黃轉紅，一天天的色彩變幻如火燒如潮捲的奇觀，待葉子落光後，若陰雨大塞車，車龍與天際雲龍平行，天涯道路，車尾燈光點令人想到「渺滄海之一粟」。停車場一大片水泥地，是高度現代化的惡地形，曠風毫無遮攔吹打著落單的、離開車體的駕駛人，不分季節，總讓人有淒清感。

P甚喜愛的電視影集《六呎風雲》，有一幕怪咖女布蘭達懷孕了，疑心嬉皮性格的丈夫有了外遇，徬徨無助走在南加州永恆的藍天日光裡的停車場，微風吹動衣衫，顯出她的大肚子。觀之令人非常惆悵。

偶爾物傷其類，P進辦公室大樓前，一樣疑惑自己累積至今的專業技能、才學、對工作的忠誠，雖然已經幸運的擁有一間自己的辦公室，與數同事共用一位祕書，配有黑莓機，但嵌入那個位子的自己並非絕對不可取代，他時時警醒有朝一日一紙資遣通知到手，他就得如同老衰野貓默默隱死的離去，除非億萬人中才偶有一個的精障者，拿半自動步槍回來逢人開槍同歸於盡，求個痛快的毀滅。他想到出國前一些蛋頭學者引進的批判流行語，國家機器，他想像的是如同唐吉訶德一身鏽甲駑馬挑戰風車的悲壯。而他現在與公司機器共生共存，幾乎不能有一句怨責。難道是自己已經被餵養得起碼溫飽無虞、因此完全被收編馴化了？

P檢視過去一年的行事曆，間隔有序的每兩個月一次國內、一次歐亞洲出差，飛行哩程數到達一個驚人的數字。他承認去到溫暖、陽光地區才有譬如紅利的出差附加價值。這張滿檔的行事曆證明了他的價值。那英俊如時尚雜誌模特兒的白人上司賞識他，幾次的聚餐閒聊，他深知職場競技場上其實心手陰狠的上司位於這公司機器的另一高端階層，如在雲霧縹緲的南天門裡，他永遠只能憑其凡胎肉眼猜測上司的心思與人事布局，但沒有把握猜中的機率是多少。

歐債危機爆發以來，上司數次以磁性的聲腔喚P名字，說，星期五你自己判斷，沒事不進辦公室也是可以的。P先是口乾舌燥，戰戰兢兢不敢傻鳥般立即憨喜接受，照常每週五通勤上下班，確認上司當真不來，整個辦公室人氣消了大半，瀰漫著令他焦慮的空虛與安靜。所謂不景氣就是他酷愛的蘇東坡詞句，寂寞沙洲冷。觀察、等待了三個月後，P終於在一個星期五放膽不進辦公室，常軌化、流程規格化的日子突然多出了一大塊空白，他站在公寓大樓窗前不斷捏響手指，不知道能夠做什麼、去哪裡？然後在下午漫長的金黃日照與濕度適中的微風中，他躺在木地板上沉沉睡了一長覺如同一次短暫的遺忘。

發達盛

P與H是長期飯友，平均一個月、快的話隔兩週相約在皇后區法拉盛，相中一家彼此都認可喜歡或覺得可以一試味蕾的餐館遂行兩人的美食拼圖。兩人是因為一部女性主義者的紀錄片中一句話而覺醒、團結，無關性別，一個人下廚，一個人吃飯是可恥（悲？）的。雖然P有易牙天賦，從小就喜歡跟著母親上菜市場，十歲，程序簡易的幾道家常菜他已做得比母親還更有色香味。

舌尖住著東方老靈魂的兩老饕盡責周遊一圈，最後評定一家店名具有小漁村風味的港式餐館為首選，盛讚它的海鮮、煲仔飯。店面陽春，放回港島是隨處可見的一般餐館，成了熟客後，經理每回安排老位子，一吃經年，雖然大片窗玻璃正對著乏味的公共停車場，兩人不無麻姑有滄海桑田之感，急著要告訴我法拉盛的變遷。兩人並非不知道我曾在這裡住過三年半，似乎有我為活口人證，可以講得更痛快些。

其實P與H指的法拉盛是主街鬧區，上世紀八〇年代末、九〇年代初，我至少每半個月得徒步近半小時來華人超市採買吃食，我繞樹三匝般看遍因人口結構而衍伸出來的粗簡的錄影帶店、小吃店、餅店，毫無一探究竟的心念，只覺時光倒流回到島國六、七〇年代，卻又橘逾淮為枳的乖違感。特別乾燥的日光照著黏著口香糖黑斑的水泥地，聽說有家店開賣米糕、菜頭粿、油飯，標榜百分百的台灣口味，留學生開車從長島來解饞。我注意到報紙新聞衛生局嚴禁臭豆腐的新聞，台人企圖以東方的起司辯駁，未能成功。

那時的新移民自以為法拉盛大大有別於髒臭的、電影《妖魔大鬧唐人街》那樣詭異的老華埠，字靈崇拜的老習慣也有稱作發達盛，如同飽含一股新起氣勢的、亞裔（其實是台裔？）的興旺城鎮。那時的七號地鐵我們自豪也自嘲稱為「東方特快車」。開學前我去主街銀行開戶，眼影堆著厚彩的韓裔女職員一邊填寫資料一邊比畫著告訴我那則老掉牙的天方夜譚，一個老台顫抖著提一籃子現鈔進銀行說是要買房子，嚇壞了所有人。貨幣無國界，是新移民最銳利的武器。然而所謂新富New Money，關鍵在於資訊不對等，總是要被奚落缺乏優雅的身段。

兩個十年後，我跟著P與H在主街四周走了一圈，舊日的法拉盛如同自體分裂、複製的膨脹了，幾個街口都是占地廣闊的超市，蔬果、海陸肉類與乾貨滿溢到街沿，店員、收銀員、進貨的人力盡是操著大陸口音，人行道上壓爛的菜葉果子，更有一墟如同以前的士林夜市集合了各省地方吃食，有幾攤口味非常道地，前提是如果你不怕攤位髒膩。連星巴克裡也是一簇簇人頭。環著鬧區，好幾處建築工地飛著煙塵，樓盤不斷聳立。

H冷笑道：「已經整個淪陷給老中了。」建議我舊曆年春節來看看太平盛世般的擠壓人潮。台裔舊友之一也不滿如此住商溷濁早逃難般遷移紐澤西去住那優美靜死的郊區。

P與H去剪髮、修改衣褲、買一美元一大塑膠杯的豆花，連接曼哈坦與長島的鐵軌陸橋下，一排窗口食攤，生意好得近乎搶食，我買了一美元咖哩魚蛋，滴滴答答吃著，看著對面的公共圖書館改裝換了一層流麗的桁架玻璃罩，不能想像P與H若在此工作、成家、生養後代的情景。我想到遙遠的那個十月，我一早走來主街，一隻凍僵的蟬啪的隕落在我腳邊，天地不仁，我即便有心救牠也是不能。絕非懷鄉，眼前浮起林懷民寫西門町的《蟬》。很快冬天了，我抱著一包國寶米走在路上，不明白自己糊里糊塗來幹什麼，自願當了愚人船的一員，活該。

飄零

T約我西七十二街中央公園入口處會合，對岸路口是那巨人城堡般華麗非凡的The Dakota豪宅，當然住戶皆是唐諾在《世間的名字》形容的「金色皮膚的富翁」與演藝名人（《大鼻子情聖》法國演員不是才為了抗逃富人稅入籍俄國？），約翰藍儂一九八〇年在門口遭一精障者槍殺。因而此地順理成章是觀光熱點，遊覽巴士蜈蚣來蜈蚣去，導遊持播音器有口無心地介紹，入園處一大陣的人力三輪車，歐洲人種的車夫（移民？移工？難民？背包客？遊學生？）短衣短褲彷彿是駕馭馬車的阿波羅。

T改不掉遲到的老毛病，燦亮日光裡一現身，臉團團如泰迪熊，髮色夾大量灰白的平頭（宋襄公軍令，「不殺二毛」），氣色是好的。他是我第一份上班族工作的同事，前電腦化時代的職場，畫一手可愛風格的好圖，上下班打卡朝九晚五的每一日罕見他開口說句話，我校對著有他畫插圖的家電目錄，故意激他，每個人神態都像你。他冷冷瞪我一眼，翌日給我一張筆觸狂放的彩圖。我們一同討厭那日文流利但用起敬語極噁心、待員工苛吝的蟾蜍眼老總，解嚴前口頭鼎力支持黨外運動，卻也是第一批登陸向前衝的騎牆派。很久遠以前的某段天空非常藍的秋日，我跟著他假日四處拍照，他說拍得上品的攝影是一筆業外收入，也跟我解密，蟾蜍眼看不上眼的生意就是他的「阿魯拜兜」，一個起碼抵一個月薪水。最好的復仇就是比你的敵人活得更好。

九七後T開始積極計畫離開島國，毫無章法的問過我關於留學美國的事，音訊斷絕了一年多之後，我聽說他已賣掉了台北市的公寓，定居曼哈坦。我想到他蒐藏一整面牆櫃的古典音樂CD，好幾件稀奇古怪的骨董，確實是風象星座人的行事，他底氣有著藝術創作者的膽識，藐視規範的野性，甚至強力的自我表現吧。我無從理解他在我看來近似自我流放的移民，畢竟「五月畫會」或謝德慶行為藝術家的時代遠矣，那不是我們這一代需索的活化酵素。或者他愛戀的只是異國他鄉的浮根自由，一如他年輕時的寡言獨行，「都不要來煩我！」

多年後重新聯絡上，T說九一一發生時他住在下城，在頂樓照了一整天的浩劫真相。他說得平淡，令我想到那個親見災難而時時回望並以其所長的形式記下過程的比喻。走到碧絲達噴泉前的林蔭道，不知是來自歐洲或南美洲或雜牌混合的四人樂團演奏著，我們聽了一會，發現他們得到的賞錢滿好。他也巧遇了他在游泳池常見的一男子擁著波浪捲髮的女友。他咯咯笑說曾將一間小空房出租給一個平時當餐館服務生等待機會的劇場演員，兩個月後付不出房租而悄悄落跑，留下一包來不及帶走（或故布疑陣）的舊衣褲。

他突然眼睛放光，問我要不要去那邊的兒童動物園走走？日光充滿，我只覺些微淒涼。

晚上在燈光溫暖的公寓裡，P感嘆並判斷T恐怕至今身分問題並沒解決，遑論找一份起碼有醫療保險的工作，「這樣的人紐約好多好多。」一弱怯者輕易成為被剝削的俎上肉。我對著P快手做出的美食突然沒了胃口，P與T這大城的兩個陌生人當然不是「同是天涯淪落人」，顯然與唐君毅當年的花果飄零之巨大感嘆也完全無關。隔街的消防車又嗚哩呱啦銳叫了起來。

美夢

格於情勢，H與P同在異國且郵遞區號靠近，不得不發展出相依為命的友誼，尤其是各自有病痛時。H只晚P半年到美國，似乎踏錯了時辰，從此一路衰，學校所在是昔日汽車工業黃金年代的重鎮，也像淘金熱過後的城鎮，過去的繁華響亮只剩悽慘，至今只要想到冬天黃昏經過市郊住宅區，昏暗如地府，拖著籃車的遊民如遊魂，恐慌在心上蔓延如壁癌。衰神之鄉，H的結論，因此一拿到學位就直奔曼哈坦，然而有P得以對比，他總是怨艾自己職路的坎坷。

數量或就是商機，當台美人、港美人、中美人的總量造就了法拉盛的興起，也就生出了各式利基。錄取進入那家複製、移植自島國的中文報社，H感覺強烈的時空錯亂，彷彿回到小時候島國衛星城市的中小企業草創的辦公室，一排慘白日光燈管下，空間潦草其實是無心規劃的壅塞，百葉窗脫線殘破，擁擠的辦公桌上堆疊著凌亂的文稿、舊報紙，盆栽的枝葉繫著金紅二色緞帶與金鈴鐺。

當年貪圖綠卡而舉家移民來成立分社的資深員工，一半外省、一半閩南口音夾了一二位廣東腔，午夜過後下到電腦拼版房，領班是個陰鷙如東廠老太監、專霸凌新人但到了總編輯面前就蝦腰的光頭佬。生產工具進化，撿字、活版拼貼的古老技藝已被淘汰，力求乾淨的房間，老技工閒談他們日日租看島國最新電視節目解鄉愁、房間貼滿台港偶像且倒數寒暑假來臨得以快意返鄉的第二代（一開始，他暗暗奇怪怎麼沒有音響放鳳飛飛、鄧麗君？），邀約週末去海灣釣魚、大賣場採購，再看似隨機的問他薪水，提醒老闆心腹的會計吸血鬼，千萬小心她利用繁複的稅制剋扣你的所得，那屄蛆屢屢用那手法剝削前來實習打工的留學生。

也才中年的老技工轉耍著美工刀，感嘆也後悔自己誤判形勢自願上了賊船（萬幸不是一條奴隸船），憤恨台美人老闆矯若遊龍，一切勞資規則島國基於人情義理的前現代傳統捨棄不用，新大陸的進步觀念也視若無睹，所以得到至沉痛的教訓，千萬別進尤其是第一代台美人老闆的公司。

凌晨三四點下班，那像捲起時代颶風的大型印刷機開動了，H寂寥地開車回租住處，雖有房舍人家，道路四通八達，破曉前灰撲撲，卻覺如在史前曠野。他完全不明瞭為何要這樣生存著。

週末，島國的老同事邀他去東村參加國籍遍及五大洲的藝術家派對，從前是車衣工廠的破舊磚樓，兩層樓三間房在燭光裡人影像海底游魚，因此看不清若是日光下就是貧民窟般所有物事皆是撿拾來、殘破的、骯髒的。他懷疑自己是否其中之一，大家是多餘的人寄生在多餘的物質上，反抗、證明自己不是多餘之舉就是藝術，大至一幅牆的油畫，小至一枚鐵線戒指。但他自認沒有如此反抗的天賦或才能。

H在濛濛亮分不出晴陰的黎明搭上搖晃的「東方特快車」七號地鐵，紛擾如漩渦的念頭譬如生存、生活，與打造自我的意義讓他想嘔吐，等到鐵軌轉彎處摩擦如來自地獄的尖銳鬼叫，看見海灣亂飛的鷗鳥，水上的亮光，他如同蟬蛻醒來，輕鬆也清楚了，彷彿於地球的邊陲看見自己的來時路。晚上H打越洋電話向母親借了一筆錢，很快辭職，搬家，補習，用功，一年後考得了會計師證照。

高馬美人

凱西與我們約在靜安寺地鐵站出口會合。我們早到，晴朗冬日，視線所及確實是一座興旺城市。H形容凱西年輕時是「高馬」美人，直接自英文變譯搞笑，騎在高大馬匹上，鼻孔朝天，以為自己傲人一等。凱西對這玩笑答以紐約客的酷，祖上如果不積德，沒有一點家世與家底，高馬得起嗎？現在邁向七十高齡，借用我輩記憶庫的典型人物做比喻，她是尹雪豔與蘇絲黃的綜合體。

H笑了，我順著他的目光看到了凱西，噠噠噠踩著銀釦鍊的白色馬靴，太陽眼鏡鑲水鑽，手臂挽著的包包嵌鉚釘，毛衣胸前蜿蜒著亮片，手指有鴿眼大寶石戒指，近午日光照著她都折射成了亂針繡，走近了一張口豪邁大笑，與這城市一樣銳意革新，沒有滄桑感，沒有老態。走進地鐵，她一路老幹新枝條條分明並夾以評議跟H說了將近十件太平洋兩岸的大小事。

H與她相識於上世紀末，朋友介紹他到藏在唐人街暗穢街角的破舊大樓裡一家針灸兼按摩復健的診所，試試能否救治他日益嚴重的下背痛與偏頭痛。H從不掩飾他討厭唐人街，一截都市盲腸，除了撿便宜，特別髒亂臭、破舊，即使小公園也是一排塑膠矮凳蹲坐像一列烏鴉的老婦，一張紙板寫著「睇掌睡夢、扒花問米、踏家宅」，如同接力作著一場昏瞶的白日夢。但他喜歡凱西的診所，求診的全是辛苦扎實討生活、體味汗味濁重的異鄉人，臉上皺紋深刻，時時若有所思，一身不同部位的舊疾新傷，或鬱悶攻心，或傷筋錯骨，治療時的呻吟或叫痛讓那擁擠的空間尤其有人世間的溫暖況味。視病如親，或者大地之母，是穿白袍的凱西給H第一且永遠的美好印象。

兩人都喜歡布魯克林大橋，一個晴朗假日共同走了一趟好像黃昏之戀的情侶，河海浩蕩，墩柱上掛著累累的刻著情侶名字的愛情鎖，據說上鎖之後得將鑰匙丟下河完成儀式，譬如老掉牙的海枯石爛。凱西說起自己的身世，太祖父開始建立醫生世家的傳統，一代代脫中醫入西醫，祖父與父親皆留日，凱西說：「我是喝現代化的奶水長大的。」祖父且曾經應邀去島國大稻埕籌設一家綜合醫院，她則是家族第一位女醫生。雖然機伶逃過文革的幾次批鬥，但她牢牢記得她所有的洋裝華服內衣高跟鞋曝屍般掛在大門口的羞辱經驗。後來知道之所以能夠逃過劫難，是祖上曾經分文不收、救活的病患的暗中報恩。

八〇年代一有機會簡直一身光溜溜她來到曼哈坦，踏遍上中下城做遍了鄙賤行業，淪為一戶華人移民家庭中癱坐輪椅的惡毒老太婆的看護。那俯瞰哈得遜河的公寓，秋來對岸的林木崖岸的魔幻色彩令人癡醉，她一直忍耐到感恩節早晨，惡毒老太婆操著京片子侮辱她半夜偷吃營養品，她看著吃著豐盛早餐的一家子衣冠禽獸只覺噁心極了。

提著皮箱，茫茫然搭地鐵到了時代廣場，鑽出地面，那時的四十二街、百老匯大道有如匯集了千家萬戶汙水的陰溝，灰白的野鴿啪啪飛著，她站在街邊，目送無數的陌生人，難耐的孤獨中，她拒絕流淚自憐，拒絕再做一隻任人踐踏的工蟻。

凱西帶我們走出地鐵站，新開發的城郊，眼前赫赫一條彷彿大江奔流的馬路，上下望去曠渺無有人煙，她挺胸昂首用一種權貴架式招計程車。她安排好了今天的行程，去一棟藏在住宅區的仿名牌店大樓（「噯，別裝了，只要是觀光客都愛去。」），再去外灘喝咖啡，金蘭姊妹經營的俱樂部式滬菜餐館晚餐。

搭電扶梯一層層逛商場，分割成不同坪數的店家貨物堆疊貨物更像是倉庫，她自嘲留美二十年染上了消費惡習，但落難王孫自有一套窮則變通的經濟學，所謂的海派、門面，每一季來這大樓走一遭也就行頭齊全了，光纖網路時代人情物義大抵用後即棄，何必那麼講究真品贗貨。店員迎上前來，她手一揮，「我買東西自有主張。」但她總跟H抱怨，退休有閒的日子就是少了好多滋味，與P聚晤，她高興又似乎回到華埠開診所的神旺歲月。P提醒她記得《妖魔大鬧唐人街》那部電影。

凱西喜歡將那一天當冒險刺激故事開講。生活在華埠十多年，她以為通達台面上下、黑白兩道，而意外發生確實在常理與常軌之外。最後一個預約病患上來後，門鈴又響，她一個分神並未細看監視器螢幕就按鈴開門，音響是永遠的小鄧唱著〈甜蜜蜜〉，搶匪是兩個黑人與一個拉丁裔，粉紅手掌握著的手槍敲了她的腦勺，痛極了，但她制約反應的高舉雙手，低頭看地，口齒清楚的說明現鈔放在辦公桌大抽屜裡，請全部拿走，發慈悲，別開槍，別傷害任何人。搶匪離去前特意槍口抵著她太陽穴磨蹭數下，〈路邊的野花不要採〉才唱到一半。

她暗訪了僑界兩位大老算是報案，也確認了不可能破案，三個月了、半年後了，門鈴響就心悸手抖的創傷症候群一直在。海歸派的大侄子護送么子來讀大學，兩人長談了幾夜，大侄子以其專業縝密剖析國內景氣有如上升氣流，她下定決心結束診所回歸。那日黃昏，沿吵雜的運河街往東走，走到大橋前，道路破敗，她覺得是應該回頭了。

回來對了。晚餐所在隱身在路樹盡是禿枝幹遠望如同雲樹的舊租界，可能曾是某個歷史政要或富商的深宅大院，一樓客滿，碗盤杯盞琳琳琅琅響，上二樓包廂，經理方頭大耳是凱西乾兒子，兩人操著上海話，綿軟裡浮突著箭鏃彈頭。她踩著馬靴進出吆喝，還更像老闆娘。

乾兒子經理倚著門問她下個月會回紐約吧，可否託買最新型蘋果手機，她斜睨著罵，你幾個腦袋幾雙手？究竟要買幾台呀？他笑著說，反正回去你也就是探望男朋友，沒別的事可做，多無聊，找點事讓你跑跑腿串串門子。

H之後解釋凱西的神祕男友，據說父祖是流亡新大陸的東歐貴族，兩人相識於蘇荷一家昏暗如古老鴉片館的咖啡館，從下午談至午夜，他的紅寶石戒指的光漸漸成了籠罩兩人的光暈。出了咖啡館，經過柯林頓、小布希時期的熱炒，下城的晚風不復自由狂放，但夏夜仍有一種魔力，給她靈感為自己的暮年找到一抹傳奇色彩。她覺得不虛此行，這一生。但又覺得時間的風像春夏的氣流，冷冽中透著暖意。

從此她每年一或兩次在兩個世界大城飛來飛去，H說他想到的是老驥伏櫪的成語，然而是喜劇版。我想到哈金以母語而不是譯文寫的：「我過去一直強調思鄉是一種沒有意義的感情，因為人應當面對已經造就的世界，必須往前走。」高馬美人必定欣然同意。

華盛頓廣場

都說五、六月的初夏正是曼哈坦最美麗的季節。所有的樹葉，互生對生輪生或三裂五裂七裂或羽狀複葉，棵棵茂盛到七分滿；所有的花也開過了第一回，在隔夜的酒騷與新煮的咖啡香裡綻放著世故的姿色。即使晚上八點多了，沒了世貿中心雙子塔的天空還是澄亮，清醒的魅麗著。人們的默契是，夏天才開始，急什麼呢。

面朝拱門與第五大道，華盛頓廣場左邊的格林威治村、右邊的東村在大太陽下呈宿醉狀態，一起默契的不過午不食。戴起墨鏡的緩慢與裝酷。規律與格式化是最不堪忍受的罪惡。

只有占地九點七五英畝的華盛頓廣場自由自在，倖免於一切的姿態與腔調。日光偏黃而嬌嫩，空氣濕度適中，絕不膩人，是遊民也是遊客的天堂之日。

苦於乾旱，廣場中央的噴水池被勒令閒置，封鎖一大五小的出水口，成了非洲裔的雜耍表演舞台，橢圓頭顱一段焦炭屹立高處還是短小一截，裂嘴大喊露出粉紅喉嚨：「醒來吧，紐約市！你們醒了嗎？」觀者感動了，於是三人一組展開瑜伽術般扭轉纏繞四肢的身體奇觀，鼓掌歡笑間歇爆開，音波卻輻射不了多遠，深綠長椅上的人自有定見，閒閒的不為所動。

因為羽狀複葉特顯得綠蔭的多層次感與豐美的美國皂莢樹下，來了波希米亞式的吉他樂團，來了銀髮老人獨唱音樂劇，來了持名牌相機短髮似男孩的單身日本女性。當然，也來了青鑠光頭以襯出一身二頭肌三角肌胸肌與六塊腹肌的雄性動物，也來了蟬翼黑紗裡踩著高跟鞋一雙性感長腿極可能是易裝癖者。「那時沒有王，人人任意而行。」防君子不防小人的及膝柵欄裡的草地，英國梧桐下沉睡著無家無業的流浪漢，放心的赤裸雙腳，沒有樹蔭處便是一片雪脂奶膚做日光浴。

他們何必知道兩百年前這是擁擠著死屍的墳地與刑場？西北角至今氣勢依然懾人的英國榆樹就是實施絞刑的吊人樹？難怪廣場裡的樹木一株株特別高大。

曾在一場午後突來的雷雨收歇後，我踅進華盛頓廣場裡，頭頂雲層疾疾拖曳，閃電鞭過的空氣鋼甜，因為暴雨的負荷，所有遮天的美國皂莢、英國梧桐、挪威槭、榆、橡、黑洋槐垂首斂翼，色澤轉濃，一如哀矜的天使長。猶有滾雷咕嚕，低微如同夢囈。天光蒙上一層薄翳，介於霧氣與銀亮，行人噤聲快步，積水迴映益顯周遭深廣，放膽坐下在長椅上，不要言語，就可醞釀出心理劇的恍惚幽境。這些意圖摩天的巨樹，大口吐著芬多精，那些曾經盤桓在此的文人藝術家，百年來魂魄被掛在嘴上心上不得安息，相互掩護，一起穿越陰陽界，帶著腐葉朽木的氣息，總之是植物的霉味，在我耳邊吹噓搔癢。

然而無論季節與天氣，沿廣場四圍疾走一圈，尤其朝北與西張望，不得不佩服也羨慕人們對其公領域的高度意識與傾力護持。除了行人的穿著打扮，此時的街景與建物，距我十三年前初次來華盛頓廣場，幾乎沒有改變，連陳舊風化一些的痕跡也無。我駭異又驚喜得以插足同一條河流兩次，失去現實感。但時間之水滔滔沖刷今日之身，所以眼睜睜看著昨日之身就在街對岸如同一個完美的陌生人，令我戰慄。

那不只是生物面臨蛻化與老化的基本感傷足以解釋，日日行走的街道城市，若有這樣拒絕變遷、接近不朽的風景，我們是否可以比較夷然的老去？譬如磐石無轉移，可供累積篩瀝出所謂生活的美學生活的信仰。

或者，這其實是社會階層結晶化的表徵？廣場北與西兩排以歷史之名銘刻的珍貴古宅，冷冷的披著世襲的矜貴，何其勢利的嘴臉，閒人免進。

《蜘蛛女之吻》的作者Manuel Puig以他拿手的劇本對白形式寫過另一本小說*Eternal Curse on the Reader of These Pages*，坐輪椅的阿根廷移民老頭與推他外出的鐘點看護，在寒冬的華盛頓廣場展開尖酸對話。曾經通曉多國語言的老人氣血兩虧記憶流失，甚至質疑起最簡單字眼的意義；兩個社會邊陲人喋喋不休，如同兩塊破鏡互照，推擠掉進時間的迷宮，找不到出口。

但是，華盛頓廣場公園畢竟是可親可愛的，初夏的和風流梳滿園的綠葉，慷慨愛撫所有願意進來的人。

何必等到死亡讓一切平等，這華盛頓廣場讓一切平等，在體制內安穩而創傷的，在體制外放蕩而囂張的，隨便找一張長椅，做一做這九點七十五英畝的客人，因為一年裡只有這時節的太陽恆在不燒不炙的溫度，因為時間的滴答被大手覆蓋而幾乎聽不見，有耐心坐得久一些，也就忘了衣服的重量，身體的占有，身分的包袱。

因為，我鍾愛的艾德蒙・懷特，而不是童年住在華盛頓廣場邊的亨利・詹姆士，是這樣寫的，「你要瞭解我不見生人，我偏愛與『故』人作伴。」

夢中的書房

那在記憶裡初始是燃燒的意象，仔細想了其實更像大雪堆積在樹冠，壓低了茂密枝葉，危顫的將要垂到頭頂，是夏天噴湧的鳳凰花，包圍著台中市中心那座以升學率第一著名的中學。

那正是禁錮的七〇年代，父母費了一番苦心透過關係安插我越學區去就讀。每天清早，六點十五分起床，快動作洗臉刷牙後，帶著下床氣與母親才做好的熱便當去搭早班公車。

還未醒來的安靜的大馬路，安靜等車，偶爾有那幽靈似的稀薄晨霧從不遠處一大片野草猖獗的墓地襲來。我垂頭抗拒迎接新的一天，站牌半徑幾公尺內如同昨日悄悄走進了幾雙在藍色短褲或百褶裙下白璧無瑕的腿。

噤聲的年代，那是我僅有的反抗姿態。沒有膽量叛逆，沒有勇氣逃學，走過店面未開張的市府路，我心不甘情不願的將自己送進長方形有如監獄的學校，仰頭尋找高掛在大王椰子上的喇叭。悶了九個小時後，天光還大亮，循原路快步走到中正路接口，左轉，快樂又飢渴的來到我的中央書局。啊，那才是一天意義的開始。

那是夢中的書房，理想的書房，發出星光般的暈染效果。

一樓主要是賣文具與辭典，胖墩墩的大玻璃櫥裡陳列著文房四寶、鋼筆、圓規、三角板、鴨嘴筆、地球儀、顯微鏡、望遠鏡、活頁筆記夾、水彩、廣告顏料、壁報紙。收銀台邊一彎磨石子樓梯通往二樓，觸手清涼。必定是書上模仿來的，我假想階梯是黑白琴鍵的走上去，整個樓層廣闊的空間，不分寒暑，總是燈光明亮，有幾分神仙洞府的味道。貼壁都是書架，大部分的書我推測上架以後便僵立在那裡，一如莢果的風乾；左側也有大玻璃櫥圍成一個方塊，櫥上擺著日文書與洋裁、編織的婦女雜誌。因此顯眼的是夾雜其中署名盧勝彥的一本又一本的散文集，他似乎是土地測量員，常在深山荒僻處行走。

幾乎看不到店員，也聽不到人語，好一個無為而治的自由市場。零星的看書人就像太空的星散，他們規律的眨眼、轉動眼球，嘁嚓翻書頁，牽動視神經，各自美好運行於內在的思維軌道。那是浩瀚天體的秩序，一行字，一條垂探地泉的繩索；兩行字，一隻伸向屋頂與樹巔的梯子；一頁字，一片依偎海洋的沙灘。而我從標明數學物理礦冶那一排隨意抽出一本書，一塊隕石撞向我頁岩般的天靈蓋。

開向中正路的窗子邊，有一張辦公桌，塑膠墊下壓著電影明星李小飛的沙龍照。桌子前後的區域，除了貼牆的木製書架，更有兩三個角鋼書架，我肩著書包，一手提著空便當盒，站定了一個位置，開始神遊。伸手選中的，可能是一個陌生的名字，也可能是接續昨日的磚頭書。看得忘我，兩腿堪堪化成樹根。我慶幸從來沒有書局的人奪回我手上的書，下驅逐令，斥責那樣看霸王書不也是竊盜？

有些行業與店鋪，經營者是不得不成為愛無等差的墨子信徒，或費邊社的實踐者，凡入我門來皆是善男信女，放任那時空無績效無利潤可評估。

閱讀也不得不是一個開啟的儀式，通過的儀式。在那近乎凝凍的二樓時空，結束了一本書的閱讀，必須搜索下一個標的。兩眼彷彿蝸牛角的肉突，我在書牆間匍匐，蠕動，抬頭伸長手有我搆不到的，貼近地面的也有我無意拾起的，但我也隱約了解，所謂「選擇」對於那時的心智是太奢侈太遙遠的狀態。我毋寧更像是倉庫管理員，腰間繫著一大串咕嚕響的鑰匙，來回在狹窄甬道，每一本直立的書籍是一扇門，通往一個經緯度不同、星辰排列不同、潮汐時刻與草原生態不同的國度。

並不豐富的經驗也讓我理解，那時候使用鑰匙的技巧還生澀，太多的書掛著一把無形精鑄的鎖，讓我只能雙手一攤。有神祕的聲音說：你要等一等，先打開那些你現在可以打開的，我們會在這裡等著你，即使斧頭生鏽握柄爛了。

中正路上的車流量接近一天的巔峰，最清楚的是市公車停下又起駛的劇烈喘噓，那窗玻璃從霞光燦爛轉而快速累積著夜暗的黑影，我喉頭湧起一股酸水的惆悵起來。

兩手沾著一層灰塵，我走下樓梯，出了書局，穿過十字路口，公車站牌後緊鄰第一信用合作社是一家老式皮鞋店，那種只能在王禎和小說中感受到在汰換邊緣的陳舊歲月之感。

那時我當然不會知道翻天覆地的市地重劃正祕密的進行著，城市的發展主軸將蛻變西移。

望著那如同蘊藏著輝煌文明的王朝的中央書局，外觀簡潔的西式建築線條，玻璃門窗內燈光白熾，那時我也一無所悉我個人的夢中書房竟然是創立於一九二六年，日據時代是台中地區文化界人士諸如林獻堂、葉榮鐘、楊逵相濡以沫的場所；一九四七年，謝雪紅的二七部隊就在二樓成立輿論調查所。一個時代已經轟轟烈烈燃燒過了，書架上沒有他們的立足之地。在同一空間，神鬼默默，我踩先輩的足跡而懵懂不知。

我只知道，在那初始傾全心戀慕繆司與美神的年紀，常常覺得澀苦，煩惱著應該如何才能去掉成長的蛻殼，我只能說：「上二樓去吧。」以解脫微小的自己。

在中央書局二樓，如同小獸回到洞穴，面對滿屋子的書，靈光乍現，那是一個虛構與創造的場域，我必須戒慎恐懼穿越如同直立猿人，才能發現新天地。抵達之前，在那夢中的書房，學習鷹般的眼光，學習蜂採蜜的過程，學習龜的速度、牛的反芻，然後做一個遊牧者，再做一個漁獵者。

翻開書，一道楔形的光完美的割開眼球。

原子人與他的虛空

古希臘哲人認為萬物的基本單位是原子，不可能再分割了。而原子與原子之間是什麼？虛空。虛空之海，原子載浮載沉。

獨居者一如原子人。獨居者在他的居住單位裡，一原子與環繞他的虛空。

第一次來看屋子，暑天正午，樓梯間大門蛇出一條鵝掌黃塑膠管汩汩流著水，一樓門邊大鐵籠養著一條大黑狗睡懶覺，頂上藍天白雲。進得屋裡，地上大塊瓷磚有一方溫熱日光，一座舊沙發攤著當天的報紙。往前看，浴室的門，廚房的門，寢室的門，空間的蜂巢結構，而炎夏的空氣催熟生出了那無所不在的浮塵、游絮。我想像空屋狀態，時日累積如同沉積岩。而岩壁彷彿有孔穴，人語與聲音沙沙沙瀝進。心裡有聲音說，這就是我的虛空。

就屋齡而言，是中古屋，早期大批、量化興建堆疊積木那般的風格，初始的簡單隨著屋齡增長而粗陋不文。有幾戶的樓頂放任長出一人高的芒草叢一如墳頭。

然而做為一個原子人獨居者，理當愛我的鄰居，他們是我的虛空邊境的真實土壤，他們繁衍、哺育，他們烹煮、爭吵，電視開著不看，抽水馬達噠噠噠將每一日的時間瑣碎化。

智利詩人聶魯達寫過：「每日你與宇宙的光一同遊戲。微妙的訪客，你來到花中、水中。」

我祖母傳承的庶民生活智慧，堅持住所的理想是「光廳暗房」。每日早晨的日光，太空旅行了一億五千萬公里，從公寓正面射過露台進來，才進客廳兩步便突然怯怯停下，那光朗裡有著嬰兒茸毛般的細絲翻騰。到了正午，是日的光遵循同一軸線轉移一百八十度，如瀑匹湧在廚房外的露台，色溫、明度大幅提高，杏黃，虎皮黃，貓眼黃，試圖粉燥那洗石子的灰色矮牆，不注意伸手一探，燙。那光熱充沛得宛如一頭才成年的獸，跳進廚房，咂咂舌，舔了每一件金屬器皿與水槽，舔得咻咻有聲都是津液。流理台上平放一把寬背菜刀，銀爛的刃，光舌舔滑而過，似乎聽到那割傷的銳叫。

沒錯，這訪客有微妙體力而筋肉柔軟，來到鋼鐵的花中，淘洗過米的水中，嬉耍。懸掛吊櫃下的兩只深淺有異的鍋子，那只常用的鍋底被瓦斯火燎得焦醜，一同與它接吻似的纏綿著，咣噹咣噹咣噹。我立在門口，遲疑不能前進，唯恐不識趣驚擾它們。

到了年中的三伏天，那隱形的午時獸訪客長大，體態豐潤，我的廚房成了某種異教徒的聖殿，空氣焚灼出朦朧的幸福感，而所有器物的材質，木、鐵、鋼、塑膠、瓷、化纖、棉，吸收大量熱與光，毛細孔放大，膨脹放鬆；無一不是禁語終年的信徒，如今解禁，喉管咿啞試著吟誦。

那寂靜的大聲時刻，時針與分針一併來到指向正北的區域，像蜜流淌那般的行走。鄰居用一個圓鐵盤鋪曬紅蔥頭，鐵窗上勾著一個紅條紋膠袋，唆唆沙沙響證明風的存在。

大獸訪客離去，我的鄰人之一，一對年輕夫妻回家了。我必須向日出而作日入而息的兩人致敬，即便他們裝了那噪音分貝直逼高速洗牙機的抽水馬達也可以原諒。

一疊聲的噠噠噠之後，馬達轉為嗡嗡嗡的低頻共鳴，咬嚙著聽覺神經。聽音辨位，年輕夫妻頻頻穿梭在浴室與廚房，為了他們的新生嬰孩。令人詫異，一家三口用水量那麼大？每晚，年輕的妻趿著塑膠拖鞋咵啦咵啦做她當日家務，她的年輕丈夫不時粗嘎哼著流行歌有如鷹來盤桓一圈，「媽媽，媽媽。」稍遠是嬰兒啼哭。漸漸聽出她趿拉著拖鞋的疲憊。

「痛苦會過去，美麗留下來。」我暗暗為她祈禱。那個半夜，我去廚房喝水，隔著兩扇紗窗與我們的小小天井，她靜靜立在水槽前，一條幻麗的剪影。我們知道彼此的存在而有默契的都不抬頭直視。這深夜的住宅區，白日的喧囂沉澱下去，而牆壁裡的水管還在轆轆流刷。她或者是那民間傳說中報恩的鶴妻或蚌殼精，正掙扎著是脫離這人類牢籠的時候了？

我親愛的鄰人之二，三代同居，祖母與母親有如共享一支暴戾「放送頭」（擴音喇叭），全職家管的祖母日班，職業婦女的母親夜班，前者老生、後者丑旦聲腔，輪流哇哇哇教訓一對兄妹，言語施虐之後往往是一隻肉掌啪啪體罰，小孩當然大哭抗暴。「你這壞，你這壞！雌去，你給我雌去！」中氣鼓鼓的母親，三軍前叫得令動，「陳偉傑，你給我過來！」

一個聲音的殘酷劇場。有幾次猛然的雌嘯穿牆砸來，我手上的書稍稍一抖，彷彿共工一撞，地陷東南，這些在我眼中一如聖徒的字群也震懾了。我隨壯婦母親的吼叫，找出書上與之吻合的字，不禁迷惘是話語抑或文字的力量大？

當下她喝斥的每一字音，侵入我的虛空，飽實，譬如撞球在草綠絨毯上炸開折衝。

百無聊賴的白晝，即使我無所作為，無可等待，這一天的日頭已經傾斜，城市也將生出它的暮靄。我守候著老祖母拉開玄關落地門與她火雞般的喉音，守候著那年輕的妻換上那惱人的塑膠拖鞋，才開始她這一日的家務。

日與夜移位，我努力不讓我的虛空之屋就這樣虛擲，挪到窗邊搶收最後的天光，希望像燧石點燃書上的字。底下防火巷一棵長得很好的血桐。

夜暗前的天色會有那短暫卻令人心悸的醇藍，聶魯達早為我寫妥了：「是折斷陰鬱玫瑰的時候了，親愛的，關閉星辰，把灰燼埋入地底；並且，在光昇起時，和那些醒來或繼續尋夢的人一同醒來，抵達那沒有其他岸的海的另一岸。」

散步大武

列車一竄出隧道，海平面跳進眼眶，車速馬上慢了下來，大武站到了。

南迴線的車站大抵都是這樣，高踞在山腰，全年無休裸露向天風海雨。

我在無人的月台，鼻腔一翕一張感覺空氣清新，似乎手伸長些便摸得到海岸，可以掀床單那般，一抓揪下那太平洋平曠的藍。

想像洋流之下大陸版塊的咬合始終不齊，一如嗜夢者的磨牙，而洋面的呼吸將天空呵成渾沌的青灰。

令人嚮往世界猶有許多空白、黑暗祕境的大航海時代。船桅恆常在大海之上，恆常比大海早一步被看見。當年必然有人翻過原始的中央山脈，如此遇見海平面，一橫剖開那未被文明汙染的眼睛。

門牌寫著行政區域隸屬大鳥村的大武站，鐵道高高在上，出入的通道與樓梯設計成圓筒狀，真像史恩康納萊時期的〇〇七電影中的軍火毒販巢穴。一樣的到站下車的與上車的，幾十秒的交集後，「你有你的、我有我的方向」散了，絕無逗留的心思。門口擺著一台自動販賣機，令人懷疑飲料是否過期了。

車站階梯下是條倒丁字柏油路，直行下坡，走了五分鐘，寬坦大路兩旁才有集合住家，兩三層樓的透天厝、竹筒屋簷的石灰牆平房，新舊並立，聽不到人的聲息。下午兩點多的太陽，照亮著房屋的外殼，每一戶凸著一個行政院原住民委員會贈送的白色小耳朵，有如一朵朵菇。

突然一輛汽車駛近停下，不知是否喝了酒的赤紅臉駕駛問要坐車嗎？兩隻大眼睛亮炯炯。

我搖頭，執意跟著小耳朵走，冬天的太陽曬在背脊並不著力。

走到與台九線的交接口，右側是廢棄的公路局車站，死體般的扇形建築，牆上的班車時刻表還在，時鐘死在十二點十三分；柱子上殘存著「往枋寮彰化台中」、「往台東都蘭成功」的告示，也殘留幾張白色橘色的塑膠座椅。

鎮上的主街有兩處，台九線穿過的，兩旁因應車流帶來的吃食生意，大招牌五顏六色，多家可容納遊覽車觀光客的大餐廳；過了寬闊的大武溪橋，右彎進去是舊大街，色調一暗，當然也澄靜了許多，不變的還是那戶戶都有的行政院原住民委員會贈送的白色小耳朵。

太平洋就在幾百公尺外，也可能時令上這是冬天，整條舊街清清涼涼，人車的流動稀少，街底的岔路坐鎮著一座大廟，看不出香火狀況。街邊有個鞋攤，男女鞋童鞋都有，排列整齊如閱兵，成了一堆靜物。

晴日的光線，金沙金粉那般的沉甸甸的覆著向陽的街岸，是太陽底下沒有新鮮事的冷調子。正如我既不是在旅行，更不是來探險，因此不想也不宜驚擾任何人或物。我甚至不想學某類旅遊經驗豐富的老練行家，隨手拾起一顆小石子放入口袋，不需要意義的儀式那般。我只是模糊覺得，任何自以為都市的文明養成而來的姿態，在這裡都是褻瀆與白目。

然而，一轉頭，是一座廢棄的小學，沒有大門，一排教室，大樓穿堂裡的玻璃灰髒的公布欄還貼著學生的圖畫作品，捕魚是最大的主題，魚與人一樣大，豐富的漁獲讓每個小人笑開嘴。穿堂出去，是工程進行中的海岸公路，而學校旁邊一塊類似里民活動中心的空地，豎立著巨大的鋼管鐵柱。迎面海天清曠。

我腳下已是東岸陸地的邊緣，液體與固體的終極對峙。

我在彷彿廢墟中不禁想到所謂的「創造性拆毀」，那轉型、過渡階段允諾著更好的明天、更好的發展？其實，除了沒有人氣，學校建物仍然完好，那麼，廢棄的理由是什麼？

「活在名字之下、土地之上的諸神，已經不發一語地離開了，外來者則在祂們原先的地方安頓下來。詢問新城比舊城好或差是沒有意義的，因為它們之間沒有關係……。」

的確，我與這小鎮非親非故，沒有絲毫關係。卡爾維諾陪我快步跨過台九線，陸橋下是供奉龍王的小廟，廟前潦草的三角地規畫做海濱公園——這樣的環境還需要海濱公園？我盡責的繞了公園一圈，植著枝葉猖狂的海棗的海堤邊邊，高聳著一座紅白鐵塔與一支狀若煙囪的灰白柱子，一旦台海開打的警報器？

我恐怕是無聊過頭了。

往回走，決定去搭四點三十二的莒光號北上。

除我之外，橋上沒有第二個行人。大武溪河床上溯中央山脈那段顯得灰濁濁。

路經便利商店，買了報紙，再繞過公路局車站，才看到另一面牆上黑漆塗鴉一顆心，英文寫著永遠愛你，大概是全鎮最古老也最現代的符號。塗鴉的黑心正對著一所種了許多木麻黃的學校。

緩緩的上坡路，一如電影膠卷的倒轉，我的眼睛發現了原先視而不見的種種，柏油路旁堆著利樂包、報紙、塑膠袋與枯枝落葉，竹簍裡都是碧綠的啤酒瓶，給日頭曬出淡淡的餿腐味。到了火車站的階梯前，才發覺獨立一戶簡陋人家是卡拉ＯＫ店，對面的雜林地上一叢叢的山蘇，棄屍其中爛透了都無人知曉。

等火車。那等待中的漫漫時光湛湛的生出了溫柔的涼意，山風吹得天光粼粼，我神經質的避開那葉子闊大的欖仁樹林，覺得自己就像晶片短路的機器人，將這下午兩個鐘頭的大武行腳的影像記錄統統吐出來，輕鬆的離去。

美麗的天空下

「我看到植物學家從來沒有看過的樹，看到動物學家無從想像的動物，看到只有你看過的人。」史特林堡致高更信

‧八月之光

愛荷華Iowa的名字源於印地安人，語意一說是美麗的土地，一說是睡覺的人，八月底來到了自然會心明白，兩者依傍轉注，並不衝突。（得等到十一月我們在華盛頓特區的印第安博物館，才會更進一步明瞭新大陸的原住民曾經如何的美麗、細膩、狂野。）

平原坦蕩邈遠的美國中部，公路系統如靜脈血管如掌紋，是現代化的理性產物，嵌進純機械耕作、大面積的玉米田，規範著效率與秩序，雖然昆德拉於

〈被貶低的賽萬提斯傳承〉一文寫著：「（歐洲）科學將世界化約為技術與數學探索的單純客體，將生活的具體世界排除在他們的視野之外。」然而真正統攝愛荷華的是那一片無限、薄青得近乎透明的天空，覆蓋地表，兩者比率懸殊，九比一，八比二，每個人成了螻蟻的存在，巨大的自然及其神力遍在，吸納了所有的聲光與思維，人可以望遠、放空、撒野、夢想，但終須低頭。

日光直射，汽車駛過，不見煙塵，卻讓人屢屢懷想福克納心靈世界那些以雙腳以馬車緩慢地試圖走出自己道路的可憐生靈。青天有著呆滯的雲，等到風起或者能像印地安人的捕夢網吧。

而今夏大旱，遍州契作餵豬的玉米田據說最嚴重的七成枯死，我視野所及起碼一半脫水般焦黃，也不採收了。微微起伏的大地，玉米田之外是玉米田、再之外還是玉米田。

一輛中型巴士帶我們到距離愛荷華城不到半小時的一座獨立荒野中的農場，之所以與「國際寫作計畫」（International Writing Program）有鏈結，男主人保羅是退休的人類學教授，土耳其裔妻子蘇珊是出版了幾本著作的記者與國際婦女組織的成員，套句時下流行語，夫妻倆結合了公共知識分子與資深文青的認知在經營農場，實踐著節約能源、有機耕種、綠化救地球的使命，屋齡才一年的住屋順勢建築與山坡融為一體，屋簷有收集雨水系統，蜿蜒儲存用來灌溉，室內面積約百坪的一樓地下鋪設地熱設備，冬暖夏涼，即使盛夏譬如上個月電費才二十五美元，屋外斜斜聳立大片的太陽能板。

夫妻十多年前買下這一大片西達河（Cedar River）邊的土地任其閒置，這樣一個晴朗的上午，一條驃健大黑狗前行，帶領我們行過雜樹林與野草叢，雷電劈過的樹還有生機，呼應著人足踩不爛的堅硬核果，林蔭深處之地手腕粗的枝幹培育著菇類。蘇珊解釋他們從事草原（prairie）復育計畫，遠在歐洲人入侵之前，北美洲皆是高過人頭的密密草原，一年年遵循四季的循環，成長，茂盛，天火燒毀、霜打雪壓而死去化作沃土，隔年春天原地草原再生，彼時，若有印地安人騎馬行經其中，只見人上半身在草上雲遊。經過三四百年的開墾，草原滅絕，這是作為農夫的他們無法忍受的，遂決定進行人工復育，為期至少十五年或可見到成果。

他們背後是乾旱一夏而水位逼近見底的西達河，我看著夫妻倆神色毫無一絲浮誇或悲壯。我問全州有多少農戶這樣做？保羅答不清楚，大約幾百人吧。

數百年前的草原而今只能稱為草地的曠野上，俄國與烏茲別克兩位妙齡美女玩耍著一種叫milk weed的植物，果莢一剝如同棉花的絲絮飛揚上天。

農場當然也有人力不足的問題，在這片自由、高度發展的土地上，經由交換機制，客房目前供住了一位一半華人血統的工程師，週末假日以分攤農場工作代償食宿費。也有一對年輕夫婦來交換醃製蔬果的經驗。蘇珊爽朗笑說，很幸運至今沒有遇到任何瘋子或危險人物，夜間前來吃食瓜果與樹木嫩葉的浣熊、土狼與野鹿不算在內。

如同暖房的玻璃屋吃午餐，摘自庭院的蔬果非常鮮甜，有人驚呼這是來美迄今最好吃的三明治。很明顯的雖是正午，日光已經沒了銳氣，而是催眠的溫暖，我們看著最年輕、母親是韓國裔的阿玲娜（烏茲別克）在草坡漫遊如波卡亨達公主，頭髮插著豔紅漿果，漸行漸遠，無極悠遠的天空或著會突然大笑一聲。

我愛極了福克納這樣寫：「八月中旬會有幾天突然出現秋天將至的跡象，氣候涼爽，天空中瀰漫著透明柔和的光，彷彿不來自當天而是從遼遠的昔日照臨，甚或可能還有著從古希臘、從奧林匹斯山某處來的農牧神、森林神以及其他神祇。」

·朗讀之必要

愛荷華城被聯合國教科文組織認證為「文學之城」，在地居民引為一枚榮耀勳章。作家朗讀自己的作品是這文學城的傳統，「國際寫作計畫」每週的基本項目是兩場朗讀，一是在寫作計畫辦公室所在的香巴屋，一是在「草原之光」Prairie Lights獨立書店二樓，行禮如儀般風雨無阻，過程清簡，來讀的與來聽的河清海晏，為的只是口與耳交會的短暫光芒。

尤其是在「草原之光」。

將詩讀出聲給眾人聽的歷史淵遠流長，我總以為，詩比起小說或散文更宜於口語表演，有波赫士的背書為證，「詩歌是一種感覺到的東西。」「口頭語言是會飛的，是輕盈的。」

今年來自廿八個國家的三十位作者，阿拉伯語系六位，西班牙語系五位，英語系包括曾是英美殖民地的六位，歐洲與昔日俄羅斯境內的七位、語系最複雜卻也最能互通，中文的與緬甸、韓國各二個。但我們畢竟是來到了美國本土、中西部，英語才是最強勢、最大公約數的語言，用以誦讀現代詩，不能否認的有其明朗、乾淨、輕快。但我總覺深層缺少了很重要的什麼。

對此我們自有變通辦法，上場時各勻出部分時間秀出自己的母語。我期待的是這個，雖然語言的巴別塔高聳，但印象極深刻是伊拉克女詩人古拉拉吟出那種無可取代的古韻，白俄羅斯的安德烈從頭到尾激烈的促音（與哈薩克騎兵、車臣戰士可有關係？）。

朗讀遍地風流，八月最後一晚，我們集體趕赴大樹濃蔭的棋盤街道一住宅，荒蕪有聊齋味的庭院滿滿人頭或坐臥或躺倒，一齊注視後門廊與陽台若一樸素的舞台，台下應景燒了幾根樹枝，非洲南方的波扎那的女詩人ＴＪ一張口，「夢說謊。」如同「小飛俠」的小叮鈴棒子一揮灑魔幻銀粉，夢微笑，夢欺瞞，夢咬牙切齒，夢口臭。之前第一位上台的中性化裝扮似拉子，口齒黏糊，唯fucking一字譙得特別乾脆。

ＴＪ是朗讀的第一好手，也最受歡迎，凡聽過的無不喜愛她的聲音。她畢竟血液有著非洲以口語傳頌詩歌的悠久傳統。我想，返台後得找出班．歐克里《飢餓之路》重讀。

屋主不知多久不除草了。這在大片規畫而每一住宅街廓與單位不斷複製的郊區非常少見，除非是已淪為貧民窟。詩的可貴來自野放、不從規範的心靈，雜花生樹，不解釋，不隨眾合唱。

那盆火裡的樹枝燒斷了，一挫，火塌低了，卻飛出了火星。

・歐巴馬向前行

一週前，歐巴馬代表驢黨競選連任要來拜票的消息便傳開了。四年前的黨內初選，歐巴馬在愛荷華州出線的意義重大，而今兩黨選情幾無差距的緊繃態勢，再來確實有寄望博得好彩頭的意思。兩天前，愛荷華城地標、黃金圓頂的老州府（Old Capital）周遭開始發入場券與貼紙。

整個大學城是驢黨歐巴馬的鐵票區，「自由派」（liberal）是他們自傲且說得響亮的信念。我以為薩依德的《知識分子論》為寫作的人寫出了最光榮最動人的圖像，勇敢走向邊緣、不被馴化，拒絕被收編，對權勢說真話；他引用阿多諾的話，「最虛偽的莫過於集體。」

我是否自相矛盾？

香巴屋辦公室的約瑟夫安排了一位選舉經理人來跟我們談話，他直言兩黨政治走到今天的惡質化，競選花費之龐大驚人、政治獻金桌面下之齷齪，象驢兩黨全一樣，期待的第三勢力總是出不來，所謂民主，挫折感勝於一切，最終只能兩害相權取其輕，挑一個不爛的以攔阻一個更爛的。聽來多麼耳熟。但他提醒我們，出了這大學城，愛荷華州可不必然就是熱衷支持歐巴馬。有人問兩黨的差異，他自己就是一頭麥金髮色，答大致可以準此做區別，比較白人、有錢、更傾向基督教、希望政府少管事、少繳稅。

因此，選擇歐巴馬，是沒有其他選擇的替代意義？

九月七號一早，空氣明顯異樣，預期嘉年華的亢奮心情，下午一點開始入場，克林頓街長長一條人龍，安檢直逼坐國際飛機，只差沒脫鞋過感應門，整個大學城如臨大敵，數個街廓完整封鎖，警察、警犬、便衣遍布。安檢過關之後，如同電影院的銀幕一面星條旗，臨風鼓盪，演講場地是校園兩棟歷久彌新老建築之間的草地，我們傻傻等了五個小時，陪眾人殺時間的搖滾樂團實在不怎樣，間中更下了半小時的雨，雖不大但淋久了上半身也濕了。

五點四十五分，歐巴馬終於上台，白襯衫、捲起了袖子，完全一如媒體上所見（定居此地的藝術家胡先生愛講反話，「長得就像米老鼠。」）全場歡呼，高舉的手海上是手機、相機之潮，想當然耳隨即送上臉書、推特以幾何級數繁衍——還是阿多諾，「整體總是虛假的」？

我突然洩氣了。這是美國人的選舉造勢，是一群共同體的取暖活動，我來湊什麼熱鬧？

整場演講大約二十分鐘，內容與前一天驢黨全國代表大會講的全一樣。一般認為，論口才柯林頓更好更迷人，化繁為簡的能力更強。

但為了歐巴馬一人，我們傻站了五小時。他一來，天氣放晴，太陽出來（之後驢黨鐵桿支持者聶老師知情爽朗大笑，「就是就是，他一定贏一定贏。」一）。但傍晚的風吹來有點涼，的確是秋天的意思了，如同我確定的是愛荷華城人聚合一場並不是期待彌賽亞，他們沒那麼天真得可恥，更多的是他們認為的相濡以沫、呼其群保其義而已。

・靜靜的愛荷華河

破曉前醒來，乾脆起床，出旅館沿著愛荷華河走路，夏天末梢的夜氣乾而不燥，爽而不颯。河面不寬，也無特別奇麗處，二〇〇八年從密西西比河氾濫而來的洪水在此兩岸成災，直到今天，藝術學院傍河幾棟建築還封鎖著進行修復。河岸留了一條寬綽的綠草帶，校工不時駕著割草機逡巡，曝曬了便是腐草的味道。

抵達首日，放下行李，趁天色澄亮，我快速斜角穿過老州府，繞過商業鬧區，記住縱橫幾條主要幹道，到處是溫馨、適宜唱〈甜蜜的家庭〉的紅磚屋，才開學的週末，一片清寂，不得不想起六〇年代留學生文學如於梨華小說裡窒人的小城鎮，或者早期電視劇《小城風雨》，淺薄歡樂些的就是電影《回到未來》吧。所謂的城市規畫，功能區分，精確分配，契約嚴明，不得逾越、混雜，一如他們已走到盡頭的個人主義，一如愛荷華街的人行道上嵌著一個男性人形鐵板，鑄著田納西．威廉的文字，「我們於軀殼內被判罰終身孤獨之刑」。

其後我常常過橋渡河到對岸慢跑，更是一片儼然高級住宅的丘陵郊區，每一戶寬闊的前庭後院，濃蔭大樹，幻美如童話屋，然而對於來自擁擠島國的人如我絲毫不領情這樣沒有一絲人間煙火氣味的孤絕，草坪上頂多插著一片天青色牌子表明支持歐巴馬與拜登。繭居蛹居的生活型態，隔絕，疏離，需要一個人族傾訴時再找心理醫生。

湯瑪斯．品瓊於《拍賣第四十九批》一書以電路板形容南加州某地的住宅區，我以為適用於任何的市郊。

這不是我的生長之地，沒有一丁點愛恨怨憎情仇，沒有著力點，我一個寫作者來此為何？固然薩依德的闡述金石響：「知識分子有如遭遇海難的人，學著如何與土地生活，而不是靠土地生活。」我就是來此觀看再觀看（？），設想寫作者若最終有樂園與天堂可去，或者這是想像的藍圖。

看來我得珍惜這最後的夏日時段，多曬曬太陽，儲備它的能量。

首日散步的尾聲，我走下陡坡，在允許吸菸的麥迪生街一棵路樹後驚見一隻幾乎半人高的浣熊，看似羞怯卻機伶的與我陌生對望，渴望了解對方更多，那或許是來此的每一寫作的人與愛荷華城美好的開始。

．花郡屋

九月底，早晚的溫差開始拉大了，我們各自從舊金山、紐奧爾良回來次日，暴熱，乾燥，是炎夏最後的一節尾巴，往西南方不到半小時的車程有終身匍匐在宗教前的清教徒阿米許人的秋季市集，我錯以為是開在密西西比河邊的農市。鐵絲網圈起的一長條空地上，入場一人五塊美元，家戶囤積的舊物傾倒出來等候新買主，家傳手做的糕餅甜得喉嚨癢，太陽煌煌，一角落堆著萬聖節的南瓜。

一星期後，一早溫度降到攝氏一度，窗框裡的愛荷華河水面罩霧。我們的旅館是結合了小型電影院、餐廳、展覽館的學生活動中心大樓的一部分，集合住屋勢必尋求空間利用的極大化，當然是一條地毯甬道兩旁非字型對開著房間，一人一間，這或是寫作者理想的紀律圖像，如僧侶閉關在他的洞穴。模里西斯的巴蘭德的房間因是角間，特別寬敞明亮，大面積的臨河窗景，他帶來的一疊法文小說摩挲得黃舊了，一本本排列在臨窗桌上如棋盤格，強迫症似的整齊。我們都是文字的囚徒。行前，聶華苓老師的電郵寫著，「來了你會發現這裡是作家的巢。」

晚上八點，德國露西帶領我們一行五人，韓國的崔明淑與筆名故意女性化的海怡琇，智利的馬蒂亞斯，科威特的塔里布（確實與「神學士」同字源是學生的意思），每人帶著紅酒或啤酒，踩著咵咵響的乾落葉，口鼻噴著蒸氣，走了二十分鐘去拜訪一處類似人民公社而外觀美如童話屋的獨棟大宅，Bloom County House（或可譯為花郡屋？）。

六、七〇年代的遺緒吧，這樣共營但非營利合作組織（Co-op）的實踐在北美洲大陸如同伏流，落在合作住屋上，愛荷華城有三座這樣的房子，企圖在大學宿舍、民宅租屋的市場外提供一種不同資本主義邏輯的選擇、推動一種群居且互動共濟的觀念，較低廉的房租，集體分攤水電、吃食費用，共用客廳廚房，集體勞動，依專長與興趣分配勞務，包括輪流煮食（每月十六個小時），還有每兩週一次的會議（批鬥大會？）。願意入住就是承諾一份「另一種」的生活契約，打開公私領域的閘門，接受監督，賞罰分明。

晚餐掌廚的是來留學的德國女生凱特琳娜，頎長秀麗，大手修指，煮了一桌她家鄉烹調法的食物，擺滿了可容十人坐的長方形大餐桌，一鍋濃湯尤其美味。以後我們在講究紙張、字體、裝禎當是美學，推崇手工、少量、緩慢的製書工作坊再遇見，總覺她畢竟一身歐洲人的美好教養。

回來晚飯的人不多，然而每個不按鈴不敲門逕行進來的人總讓我們眼前一亮，我想到海明威《流動的饗宴》一說，有些事有些地方卻唯有於年輕時做了去了，無需挑揀，怎樣都是對的，都能迸出光與熱。這樣的合作住屋最適合大學城吧，年年潮汐般來來去去的少壯人口，總有頻率不一樣的竄流到此。每天我在棋盤式道路走著，不去圖書館，不去書店或酒吧，偶爾踅進唯一的菸草店，嗅嗅那幾分背向絕大多數的頹放氣息（整個校園嚴格禁菸），繞去捷克移民開了一甲子的雜貨熟食店，沿路屋舍是複製再複製的劃一，填住其中的人如同工蜂在蜂窩的六角格，最低限度的自由空間，受最大的律法保護，所以家是必然的唯一救贖吧。好萊塢老電影《秋霜花落淚》，受盡命運擺弄的女主角她人生最大心願是組個甜蜜小家庭，住在一獨棟紅磚屋如一細胞核。也是一個聚餐的閒聊，那些曾經行旅過北京西安香港歐洲澳洲、也曾經若干日夜航寄大海上的漫遊者，說起了屢屢一動心要攪動這大學城沉滯的安定，傳言暗夜召開過裸體派對，一群身體在微光中只如油畫一褶又一褶堆疊的油彩。

而花郡屋這樣的群居所在，必然需要大客廳，勢必得去除中產或是小資的居家情調，到處堆積過多看似垃圾的瑣碎舊物，但都是生活某時刻的可用素材。萬聖節是夜我們應邀再來，屋裡人隨手取材身上一披戴自由組合就是裝扮，企圖將心智壓回到學齡前，我遞給凱特琳娜暖氣管上一副飛行員眼鏡的玩具，她也戴在額頭；我們跟隨走過一個街廓到另一棟更大的合作住屋，草木蕪亂，地下室禿禿一隅有樂隊演奏，配合著痙攣似的閃燈，幾個喇叭開到最大聲，高分貝噪音對著我們的心臟衝撞。

渾圓一如莫泊桑書名《脂肪球》的莉莉安是花郡屋的活性元素，聲音脆亮，速度又快，話中的機智像流麗拋著彩色小皮球，穿梭廚房、餐桌給我們煮咖啡與茶，使用的杯子沒有兩個是相同的。她噠噠噠說她的戲劇夢，在一間餐廳於營業用餐時段，演一齣有主軸脈絡也有即興互動的戲，沒有舞台、演員與觀眾的區分，真正將演戲與看戲的時空融為一體。陸續有人回來，老舊的木樓梯被踩得呱啦響好像骨質疏鬆。海怡琇喜歡為大家斟紅酒，他堅持得一手抓瓶底，轉瓶身收勢的姿勢。之後話題一轉提到大麻，莉莉安拿起手機問我們真的要抽嗎？她有門路買得到。講了幾通電話，她帥氣地說等通知。我們竟然幾分興奮地期待起來。IWP辦公室的人曾經向我們宣告，作家們，拜託，別來問我怎麼買得到大麻。每年都有人問，這不在我的服務範圍。

戶外氣溫已經降到零下，幾個男生提議門口草坪生火，拖來一節粗大的枯枝幹，整節丟入勢必滅了火，名叫尼克的金髮男生取了柴刀砍斷，砍了一分鐘後才知死木頑強。寒冷針砭著耳朵，我們圍火取暖，尼克突然念出：「O Captain! My Captain!」笑出一口整齊的白牙。

新寒午夜後的愛荷華城看似睡著了，其實不，街道偶或遊過一年輕的靈魂，或騎著腳踏車，暈亮的窗戶裡有他們可以大把拋擲的時間。路樹樹冠連著屋頂，再遠去就是天涯雲樹，有時走路途中，我看見不是滿月的月亮確實特別大在路盡頭，其上若有浮塵與苔蘚，自己好像這段時日是在時間的平野。

我們決定不等大麻了，兩手窩在口袋裡，踩著落葉回去了。

・聶老師

杭州來的留學生璧清將Dubuque St.譯為渡埠客街，它往北與愛荷華河平行，一條岔路開上斜坡，再一個銳角急彎上去，安寓、鹿園，聶老師平頂長方形、胭脂紅的家就種植在那雜樹林坡地，門口陡立一道扶手也是胭脂紅的木樓梯。寬大敞陽的二樓一半是客餐廳，餐廳一張樺木色長桌，聶老師不只一次敲敲桌面，複述保羅・安格爾先生說過：「等我走了，這桌子還會在。」不為哀悼，沒有悲傷，只有身經百戰的老將軍滿滿的榮光。

那桌子，是他們夫妻聯手打造的一張作家的世界地圖。

而我在夏天末梢來，冬天一開始就得離去，終於來到那傳說中的客廳，朝西的大片玻璃窗充滿了綠樹的光影，待葉子落盡，便可看見南北臥流的河，大雪之後當然更是奇美。我只覺自己是一個遲到者。對我，「國際寫作計畫」真正的黃金時期隨著聶老師退休（一九八八）、安格爾先生過世（一九九一）已經落幕。那時候，福山提出歷史之終結。如同當他們夫妻不再餵食後園的野鹿，牠們也不再來了。

聶老師說起來仍然充滿了豪氣與俠氣，她和保羅專找異議分子、政治犯、問題人物來，在3C產品發明之前的冷戰年代。她六百頁的自傳《三輩子》，如繁星羅列的佐證照片，寫作的人、或她稱之為流放者，擁擠在這客廳裡談笑取暖，合而不同，因為那時候的敵人巨大而清楚？反抗的心志素樸且專一。

（IWP現在主事者也許是開玩笑問過，你們覺得自己是最優秀的作家嗎？我欣賞遲子健的回答，夜裡走出戶外仰望天空，她更喜歡看見滿天繁星。）

我幾次與友人信中嘲諷，需要那麼多作家嗎？作家究竟所為何來？豈不是自相矛盾，我敬佩的寫作者是薩依德《知識份子論》的精神。然而所到之處胸前彷彿掛著作家徽章，總是令我尷尬。旅館供應早餐，有個懷抱作家夢的白人中年婦人，屢屢遠道來自費一住數日，為參加各式藝文聚會，一次受不了我們睡衣拖鞋來就食而且只會玩笑閒聊，一臉慍色與不屑拋下一句：「你們真的是作家？我簡直不敢相信。」我們辱沒了她對作家的神聖想像吧。

艾柯相當認真的這樣陳述過，柏林圍牆倒塌後，人類的步履是倒著走。這位聰明絕頂的書寫者憂心一切不必有意義了，一切皆是一場又一場的嘉年華。

作家畢竟被分類歸檔為一種職業，緊鄰著演藝表演者，從前是走江湖賣藝者（？）。聶老師問過數次我們都做些什麼？她聽了說，節目安排太多了，以前不是這樣。「國際寫作計畫」已是相當成熟的機構，如果英語表達溝通能力沒有問題，參與者也願意，動口講而不是動手寫的節目活動自是接不完。

閱讀與寫作的歷史長遠，我喜歡也嚮往一友人說的，寫作之事，就讓寫的人安靜地寫，讀的人安靜地看。

一個例行聚會，多話、風趣的塔里布談起一九九〇年伊拉克入侵科威特引發的波灣戰爭，他面臨執行槍殺敵軍的掙扎經驗，通庫德族語、阿拉伯語、英文、俄文的伊拉克女詩人古拉拉當場痛哭，她接著解釋當年她的許多同胞是因為家人性命受脅迫而不得不上戰場。究竟誰才是敵人與暴行？她哽咽謝謝塔里布，兩人擁抱。我們感動著這或許微不足道的戰事已了之後相互理解的象徵。

整個大學城乾淨整齊被愛荷華河分為兩半，傍河是一條灰白車道與一條我從未見過火車駛過的鐵軌，河的一岸丘陵起伏，我繞過每戶皆有前庭後院、大樹蔽天的住宅區，路邊落果腐爛了但散發濃香，這樣的市郊總讓我有夢魘之惑；行過陸橋，醫學院區彷彿科幻世界的場景，建物間的樹林有貓頭鷹，暮色大軍掩至，校區巴士經過，車窗玻璃裡閃過一張面孔。我突然覺得這樣投閒置散的十週太冗長了。

我一直記得抵達的次日，下起稀疏的雨，稍稍解了一長夏的旱象，聶老師急著開車載我去她喜愛的廢棄電廠改裝的濱河餐廳吃飯，她自己吃得少，頻頻問我吃得來吃得飽嗎？大力推薦烤牛肉。玻璃窗外的河道水面平穩，不知是否人工開鑿有一節落差如同瀑布，靠岸處擱淺著一節樹幹。

我中學時第一次讀到殷允芃在一九六〇年代訪問聶老師的文章，〈雪中旅人〉，她說：「我們是生活在一個有動力的時代，苦也好，樂也好，誰都不能停，誰都非往前走不可。」幾近半個世紀後，真人在我眼前，她嬌小但走路快速、喜歡朗笑的身量裡，有著豐沛的能量，將一整個時代扎實走過去。她還在繼續往前走，陳安琪拍攝她的紀錄片《三生三世》，影片結束的鏡頭跟著她，她滿滿力氣、堅定往前走。

無關宗教，我想到五餅二魚的故事，想到聶老師飽經磨難後仍有的強悍與慷慨，到了我這一代恐將、或者已是絕響。

▪最後的銀杏

十月開始形成的默契，我與海怡琇早餐後背包裝著筆電，結伴趕往鬧區的咖啡館，名喚爪哇屋。空氣一天比一天的脆凍，經過舊州府大樓右後方，在早上明淨的日光裡，四棵銀杏是完全純淨透光如同燃燒的金黃，豐美不可方物。十月底，風一吹，金風淅淅，白露冷冷。

柯林頓街口等綠燈，對岸號誌燈桿下塑膠箱上坐著一個衣著尚整潔的中年人，腳前紙板書著因失業而乞討，不純是因為寒冷，他豎起帽兜瑟縮著好像僧侶，我們也就狠心假裝沒有看見。

灰色的路面有早晨的光與今天的氣流爬梳著枯樹枝的淡淡影子，沒有車囂與煙塵，有一剎那，我以為自己立在時間大河之前。縱深且故意昏暗的爪哇屋，每張桌上的燈光暖黃，我們的旅館房間也是，鞋子帶進細碎的黃葉好像一日的殘餘，晚上十點後聽見遠方火車的鳴笛，玻璃窗彷彿一面深潭。寫作的人或是隱藏於書寫之後，但這樣的環境似乎是過於溫暖且安全的巢穴。

天未亮，黑暗的愛荷華河上有划船隊分兩隊練習競賽，槳聲低微，直線破霧前進，他們的意志如同箭矢。而來自友人的一封電子信寫著對活著與求不得的惑亂，對死亡的試探，如離水的魚在灘岸，我想了一晚不知如何回答，蝴蝶效應般帶給我一串的噩夢。安慰或勵志的話語何其廉價。我想到前夜鬧區街上一夥一夥喝酒狂歡的大學生，只穿著短袖或露肩夏衣，如同舊州府大樓的黃金圓頂，呼吸噴出白氣。那是年齡、我不再說是青春的、贈與，儘管魯莽、粗糙，捉住每一個能夠縱情行樂的時日。我前面手牽手邁步一排女生，中間一位體健、活潑，正是中西部富饒的農業大地養出的體魄，令我想起爪哇屋旁有一家地下室商店，專賣廉價衣物與作怪服飾，是年輕的神力讓這些垃圾之物點石成金，煥發出好玩的光采。

早在一八三〇年代初，托克維爾結束了眾合國的考察之旅後就寫道：「總之，整個這片大陸，當時好像是為一個偉大民族準備的搖籃。」

繼續走十分鐘，一個僻靜十字路口是那間好像庫房一樓平頂、胭脂紅的「狐首」Fox Head酒吧，號稱來這城鎮的作家必去消磨的麥加，第一次看見，斯洛維尼亞的亞娜失望地說：「這是勞工酒吧，不是給作家的。」烏拉圭的路易斯反駁：「作家不也是勞工嗎。」不過就是來喝酒抽菸聊天，時間在此瑣碎，失去重量。這務農的大州並不縱容城市生活。

我和海怡琇終於發現銀杏的黃葉落了一地。半個月前，亞娜得了歐盟文學獎，之後莫言得了諾貝爾，IWP都當是自家的喜事。聽說埃及的哈里因為岳母驟逝提前趕回開羅，眾人在他上了飛機了才知道；阿富汗的默希布積極打聽留下來的可能管道，紐西蘭的傑福瑞則是租了車獨自開去明尼蘇達州尋找他的偶像巴布迪倫的少年行跡如同朝聖，一夜氣溫驟降凍壞他了。古拉拉也為了博士論文得先離開，她說一路加上轉機的航程總共要兩晝夜；白俄羅斯的詩人安德列自行南下應邀去德州，德國的露西獨自飛加州（據說她的寫作實驗是每寫好一張Ａ４，列印黏貼牆上，試圖重新隨機組合出另一個文本，她承認這樣是受影視剪輯的影響）。之後大家在總統大選開票日到華盛頓特區，再赴紐約市液晶螢幕光害最嚴重的時代廣場邊的旅館，然後解散，各自歸國或繼續各自的旅程。年紀最大的傑福瑞說破，我們絕大部分以後再也不會相見。

「好似食盡鳥投林，落了片白茫茫大地真乾淨。」

啟程前夕，我走去曾是紐約時報駐北京記者、拿到卡波堤兩年寫作獎學金的胡克住處還一本只看了兩頁的英文書，他人不在，屋旁曠地他種的菜冒著耀眼的新綠，我將書放在門廊的信箱，整片住宅區一片昏頹，視覺上的孤絕。黑夜延宕尚未完全下降，路樹已經沒有葉子，盡數掉在地上鋪成兩三吋厚，寂寂腐爛著，也是一種存在的姿態；沿路遇不見一個人，甚至看不到一隻松鼠，似乎不懷好意的警告我，未達終點前，凡你行走的皆是空虛的幻影。

然而關於即將到來的冬天，整個愛荷華城已經準備好了。

印刻文學 409

盛夏的事

作　　者　林俊頴
總 編 輯　初安民
責任編輯　陳健瑜
美術編輯　黃昶憲
校　　對　吳美滿　陳健瑜　林俊頴

發 行 人　張書銘
出　　版　INK印刻文學生活雜誌出版有限公司
新北市中和區建一路249號8樓
電　　話　02-22281626
傳　　眞　02-22281598
e-mail　ink.book@msa.hinet.net
網　　址　舒讀網http://www.sudu.cc

法律顧問　漢廷法律事務所
劉大正律師
總 經 銷　成陽出版股份有限公司
電　　話　03-3589000（代表號）
傳　　眞　03-3556521
郵政劃撥　19000691 成陽出版股份有限公司
印　　刷　海王印刷事業股份有限公司

港澳總經銷　泛華發行代理有限公司
地　　址　香港筲箕灣東旺道3號星島新聞集團大廈3樓
電　　話　852-27982220
傳　　眞　852-27965471
網　　址　www.gccd.com.hk

出版日期　2014年7月　初版

ISBN　978-986-5823-81-8

定　價　270元

國家圖書館出版品預行編目資料

盛夏的事／林俊頴 著
--初版, --新北市中和區：INK印刻文學,
2014.7　面；　公分.（印刻文學；409）
ISBN　978-986-5823-81-8　（平裝）
855　103010191